中国现代文学名著

阅读指导

王宪文 罗素峰 王娟 编

吉林大学出版社

长春

图书在版编目（CIP）数据

中国现代文学名著阅读指导 / 王宪文，罗素峰，王娟编著. -- 长春：吉林大学出版社，2023.3

ISBN 978-7-5768-1591-7

Ⅰ．①中… Ⅱ．①王… ②罗… ③王… Ⅲ．①中国文学－现代文学－文学欣赏 Ⅳ．①I206.6

中国国家版本馆 CIP 数据核字（2023）第 059468 号

书　　名	中国现代文学名著阅读指导
	ZHONGGUO XIANDAI WENXUE MINGZHU YUEDU ZHIDAO
作　　者	王宪文　罗素峰　王娟
策划编辑	李承章
责任编辑	周婷
责任校对	张弛
装帧设计	牧野春晖
出版发行	吉林大学出版社
社　　址	长春市人民大街 4059 号
邮政编码	130021
发行电话	0431-89580028/29/21
网　　址	http://www.jlup.com.cn
电子邮箱	jldxcbs@sina.com
印　　刷	三河市悦鑫印务有限公司
开　　本	710mm×1000mm　1/16
印　　张	6.75
字　　数	160 千字
版　　次	2024 年 1 月第 1 版
印　　次	2024 年 1 月第 1 次
书　　号	ISBN 978-7-5768-1591-7
定　　价	79.00 元

前　言

　　中国现代文学以中国社会内部发生历史性变化为背景，广泛接受外国文学影响，用白话文为语言形式，在表达方式和结构组织形式等方面建立了现代小说、新诗歌、散文、戏剧等新的文学体裁体系，特别是产生了鲁迅、郭沫若、茅盾、巴金、老舍、曹禺等文学大家，其创作了许多脍炙人口的名作，成为青年学生百读不厌的精品和精神食粮。

　　"中国现代文学"常常作为汉语言文学类专业的必修课程，但是，在作为高职高专类专业和学生的选学课程实践中，老师们常常感叹没有相应的符合高职高专学生层次的指导性教材。同时，在网络和信息化时代，高职高专学生把大量时间花费在了网络游戏、娱乐性视频观赏上，阅读经典作品越来越少，严重影响了学生的文学素养提升和教学质量的提高。为此，晋中师范高等专科学校文史系将本门课程开发列为"山西省高职教育高水平重点建设专业——小学语文教育专业"课程建设的内容，并组织有关教师开展了教材编写工作。教材从现代文学中选取了一些著名作家的代表作品作为阅读指导重点，分小说、散文、诗歌、戏剧四个模块进行编排，每个体裁前有一个关于该体裁阅读的指导知识点拨。教材完成后，将与同步建设的现当代文学线上课程形成配套内容，构成"线上课程+线下课程"相结合、互为补充互为依据的课程体系，对于促进专业建设和课程建设具有重要实用价值和现实意义。

　　本教材以阅读指导为目标，遵循学生阅读规律和过程，设计了由"阅读目标—基础阅读—深度阅读—赏析阅读—拓展阅读"等环节构成的"文学作品五步阅读法"，用以指导学生阅读现代文学作品。这样的设计既突出教师的引导和指导，又确保学生对作品的阅读理解取得预期的效果，也成为本教材的一个显著特色。

　　"阅读目标"阶段明确阅读作品的目标和要求，让学生在阅读时做到有的放矢。

"基础阅读"阶段，重点对作家作品及创作背景等进行指导，激发学生阅读动机和兴趣。

"深度阅读"阶段，围绕阅读目标进行重点引导，理清思路，理清文章结构，围绕重点和难点进行赏析前的铺垫式指导，提高阅读的指向性和目的性。

"赏析阅读"阶段，抓住课文重点内容进行指导性点拨，突出阅读重点，启发学生进行思辨，提高阅读的高度和深度。

"拓展阅读"阶段，推荐一些网站、资料、文章等，拓展阅读视野和知识面，培养学生主动阅读、自觉阅读的习惯。

教材编写由晋中师范高等专科学校文史系系主任王宪文副教授负责编排设计和统稿审核，王娟、罗素峰、张彩琴三位同志负责组稿和初稿审核，文史系张彩琴、罗素峰、王宪文、王娟、杨兆秀、刘晋绘、赵玉娟、冯丽芳、原丽敏、牛晓艳、常爱峰、白丽萍、张素丽、吴晓琴、田晓云等老师参加了课文篇目阅读指导内容的编写。

教材编写中参考了大量的研究成果和文献，引用了许多别人的观点和看法，不一一注明；吉林大学出版社的编辑老师为教材出版提出了许多宝贵的意见和建议；晋中师范高等专科学校的张润喜校长、刘金婕副校长多次给予政策上的支持和业务上的指导，文史系教学科成永亮科长为教材出版付出了大量辛苦和劳动，在此一并表示感谢。

由于笔者水平有限，教材中可能会有许多不足，我们将诚恳接受行家和专家的批评和指导，以便使教材在使用中不断得到完善和修订。

编　者

2022 年 10 月

目　录

第一编 小 说

小说的阅读与欣赏

小说是以塑造人物形象为中心，通过叙述完整的故事情节和描写广阔的环境来反映社会生活的一种文体。主要包括人物形象、故事情节和环境描写三个要素。人物是小说的核心，情节是小说的骨架，环境是小说的依托。

小说塑造人物的手段包括概括介绍和具体描写，外貌和心理描写，正面和侧面描写，对话、议论，等等。小说的故事情节主要指事件的发生、发展的全过程，一般包括开端、发展、高潮、结局等几个要素。环境描写主要是交代人物活动的环境和事情发生的背景，包括自然环境和社会环境。社会环境是对人物活动的具体背景、处所、氛围以及人际关系等做描写，自然环境是对人物活动的时间、地点、季节、气候及花草鸟虫的描写。

小说的欣赏可以从人物、情节、环境、主题等方面进行。人物欣赏要注意作者对人物的介绍和评价，注意人物的语言、行动和心理描写，注意人物活动的社会历史背景，注意从不同角度去观照人物，注意从各种形象中悟出人情。情节欣赏要通过找线索理清故事来龙去脉，要看情节发展如何塑造形象，要从场面和细节分析情节对表现主题的意义，要从欣赏技巧中发现作者组织情节的艺术匠心。环境欣赏要注意环境对主题思想的暗示，对人物形象的烘托，对小说氛围的创造，对小说情节的推动。主题欣赏要学会从作品背景、人物塑造、情节发展、语言的情感色彩、整体倾向等方面看主题。

（王宪文）

鲁迅《阿Q正传》阅读指导

【阅读目标】

1. 了解《阿Q正传》所描绘的时代与社会特征和小说的故事梗概。
2. 深刻理解阿Q典型形象的性格特征。
3. 深刻理解作者剖析阿Q"精神胜利法"的意义和价值。

【基础阅读】

《阿Q正传》中有不少文言词语或生僻词语和句子，阅读并通过查找资料，重点理解下面内容。

第一类是关于"立传"的用语，如"立言""内传""本传""《书法正传》""著之竹帛""《郡名百家姓》"等。

第二类是关于职业的用语，如"引车卖浆者流""不入三教九流的小说家""行状""押牌宝"等。

第三类是关于身份或角色的用语，如"茂才""文童""翰林""把总""桩家""青龙""天门""穿堂"等。

第四类是与风俗文化有关的用语，如"赛神""太牢""土谷祠""三十二张的竹牌"等。

第五类是与历史和经典文献典故有关的用语，如"妲己""刘海仙""洪哥""羲皇""皇帝已经停了考""若敖之鬼馁而""不能收其放心""男女之大防""庭训""斯亦不足畏也已""宣统三年九月十四日""穿着崇正皇帝的素""柿油党的顶子""咸与维新"等。

【深度阅读】

小说共九个小节，主要分为四部分。

第一部分为第一章"序"，作者自叙给小说命名《阿Q正传》的缘由，介绍阿Q的生平和身份。

第二部分为第二章"优胜记略"和第三章"续优胜记略",记叙了阿Q"优胜"的主要事件。

第三部分为第四章"恋爱的悲剧"、第五章"生计问题"和第六章"从中兴到末路",分别介绍阿Q的恋爱与婚姻观,阿Q被迫离开赵庄流落县城,最后变成了小偷,靠偷窃发财,就是所谓的"中兴"。

第四部分为第七章"革命"、第八章"不准革命"和第九章"大团圆",叙述辛亥革命爆发后,阿Q积极参加革命,但假洋鬼子、赵老太爷等不准他参加革命,最后竟让阿Q顶替了杀人犯,稀里糊涂被砍了头。

【赏析阅读】

1. 典型的人物形象

阿Q是一个政治上一无所有,经济上备受屈辱的20世纪初期旧中国落后农民的典型。虽然他勤劳能干,"割麦就割麦,舂米就舂米,撑船便撑船",但他没有农民赖以生存的土地,只能靠打短工度日。他说自己姓赵,却被赵太爷训斥和打耳光;而立之年没有家,向吴妈求爱却招来一场大难;被人勒索得干干净净,无奈跑到城里当了小偷;辛亥革命爆发后,他也想参加革命,却对为什么革命一无所知,分不清敌我,欺压弱小,最后,稀里糊涂成了罪犯,做了替死鬼,临死之际,还会用"过了二十年又是一个……"宽慰自己。纵观阿Q的一生最大特点就是习惯于"优胜",即所谓"精神胜利法"。那么,阿Q是如何一次又一次获得精神胜利的呢?

一是以过去或未来战胜别人。在和别人发生口角的时候,阿Q会用"我们先前——比你阔的多啦!你算是什么东西"来回应。当别人对赵秀才、钱秀才两位"文童"表示尊崇时,他会想,"我的儿子会阔得多啦",通过想象来战胜别人。至于他以前是否真的阔,连老婆都没有的他何来儿子的事实,他是不管的,反正他获得了精神上的胜利。

二是以自欺战胜别人。他头上有块癞疮疤,常常成为别人取笑的把柄,他却会把自己头上的癞疮疤想象成一种高尚的、光荣的象征,并非平常的癞疮疤。被别人打了,他也会安慰自己"我总算被儿子打了,现在的世界真不像样……"于是"心满意足地得胜的走了"。他去赌钱，赢了，钱却被人抢走了，他会安慰自己"说是算被儿子拿去了罢"。他的"最高境界"是自己打自己，"他擎起右手，用力的在自己脸上连打了两个嘴巴，热剌剌的有些痛；打完之后，便心平气和起来，似乎打的是自己，被打的是另一个自己，不久也就仿佛是自己打了别个一般——虽然还有些热剌剌，——心满意足的得胜的躺下了"。

三是以忘却战胜别人。阿Q很健忘，他骂假洋鬼子是"秃儿、驴"遭到假洋鬼子用手杖敲打脑袋的惩罚，不但不觉耻辱，反而倒似乎完结了一件事，觉得轻松些，不一会儿就有些高兴了。

四是以欺负弱小战胜别人。他被假洋鬼子用手杖敲打之后，正好碰上小尼姑，于是对小尼姑进行了调戏，之后，"似乎对于今天的一切'晦气'都报了仇；而且奇怪，又仿佛全身比啪啪的响了之后轻松，飘飘然的似乎要飞去了。"真是有些可怜又可恨。

五是以妄自尊大战胜别人。阿Q很愚昧，但也很自负，他既看不起城里人，也看不起未庄人。用三尺三寸宽的木板做成的凳子，未庄人叫"长凳"，城里人却叫"条凳"，他会觉得城里人可笑；油煎大头鱼，未庄人都加上半寸长的葱叶，城里却加上切细的葱丝，他也会觉得可笑，甚至嘲笑未庄人不见世面，没有见过城里的煎鱼。

可见，精神胜利法就是自高自大，自轻自贱，不肯正视现实，用虚幻的精神上的胜利代替实际的屈辱和失败，自欺自慰，从而获得精神上胜利。很显然，鲁迅先生对这种自欺自骗的精神胜利法是批判的。

2. 深刻的主题思想

《阿Q正传》以辛亥革命为背景，一方面通过阿Q的悲剧揭示了辛亥革命的软弱性、妥协性、不彻底性，另一方面，通过阿Q式的革命揭示农民自身的弱点。

小说第七章写所谓"革命"，赵秀才联系了假洋鬼子，两人相约去静修庵砸碎了"皇帝万岁万万岁"的龙牌，革命即宣告成功。简单的情节揭示了辛亥革命的不彻底性。领导这次革命的资产阶级不仅没有镇压地主豪绅，反而与其妥协、勾结，结果是"知县大老爷还是原官""带兵的也还是先前的老把总"，假洋鬼子摇身一变成了革命党，举人老爷当了"民政帮办"，赵秀才花了四元钱也戴上了"柿油党"的银牌，一切依旧，剥削阶级依然剥削人民，横行乡里，而农民阿 Q 也依然受着剥削和欺压，最后被当作"替罪羊"送上了断头台。

一无所有、受尽压迫的阿 Q，有着强烈改变自己命运的革命要求，他向往革命，也想参加革命，但他却分不清敌友，满足于吃喝玩乐，盲目地杀戮。他在土谷祠的"畅想"就集中体现了他的革命观，抢夺财物，挑选女人；做赵太爷那样的统治者，奴役压榨别人；报复那些欺负过他的人，甚至杀掉他们。这与赵老太爷、假洋鬼子之流的所谓革命有什么区别？特别是当受到欺压的时候，常常以自我安慰、自欺欺人的精神胜利法来宽慰自己，不觉悟，不醒悟，最终被资产阶级绞杀。

精神胜利法阻碍了阿 Q 清醒认识自己和认识社会，也阻碍了他走向反抗的道路。文章揭示了在旧中国如果不解决农民问题，革命就不会成功的真理，而这个问题，只有中国共产党成立后才能够解决。

3．高超的表现力

一是悲喜交加的笔调。鲁迅先生认为，悲剧是将人生的有价值的东西毁灭给人看，喜剧是将那无价值的撕破给人看。阿 Q 被压迫者的地位和要求改变现状的愿望，无疑是"有价值的东西"，但同时他身上又存在许多"无价值的"东西，如精神胜利法、欺软怕硬、狡猾无赖等国民的劣根性。当无价值的东西被一点点撕破时，读者忍俊不禁；当有价值的尊严与生命被毁灭时，读者又悲从中来，为他的"不幸"遭遇唏嘘叹息，为他的"不争"状态愤怒遗憾。这种形喜实悲的艺术色彩，正是作品的魅力之所在。

二是白描、夸张、反语、议论相结合的杂文笔法。阿 Q 的外形是怎样的？有手舞足蹈的动作，有瞪着眼睛的表情，赤着膊，懒洋洋的瘦伶仃的样子，还有赖疮疤、黄辫子、厚嘴唇、破夹袄、戴着毡帽、挂着褡裢……这些描写综合起来就是一个活脱脱的阿 Q，同时，鲁迅又把叙述与心理、行动、语言等结合起来，有议论、有叙述，使得人物形象更加丰满和丰富。至于用"洪哥""穿着崇正皇帝的素""柿油党的顶子""咸与维新"等词语反映历史事件，则极具讽刺意味。

【拓展阅读】

1. 阅读鲁迅的《药》《风波》等作品，结合《阿 Q 正传》，谈谈鲁迅对辛亥革命的思考与认识。

2. 阅读鲁迅的《药》《示众》《孔乙己》《祝福》等作品，结合《阿 Q 正传》，谈谈鲁迅笔下的"国民的魂灵"是怎样的。

（张彩琴、王宪文）

郁达夫《沉沦》阅读指导

【阅读目标】

1. 了解郁达夫的生平和创作情况。
2. 了解《沉沦》的创作题材、主题和主要内容。
3. 理解《沉沦》塑造人物形象特点和手法。

【基础阅读】

《沉沦》创作于 1921 年 5 月，是郁达夫小说早期代表作品。小说叙述主人公"他"出生在被誉为"一川如画"的距杭州八九十里水路的富春江江边的一个小市。他的长兄是清朝的留日学生，归国后考上了进士，供职于法部。他因长兄的缘故得以到日本留学，成为一名留日学生 。但是弱国子民的地位，异国他乡的孤独，自身懦弱的性格等原因，导致他患上了抑郁症，成了一名抑郁症患者。他内心渴望亲情，但他却远在异国他乡的岛国；他渴望爱情，也喜欢女孩子，但他却处处感受到了歧视和不平等；他特别热爱自己的祖国，希望自己的祖国强大，但事实是自己的祖国羸弱不堪，遍受欺凌。于是，他慢慢地走向灭亡，先是偷窥女人洗浴，然后是自甘堕落自我安慰，甚至走进了妓馆，最终投海而死。

关于《沉沦》，郁达夫在"自序"中说："《沉沦》是描写着一个病的青年的心理，也可以说是青年忧郁病 Hypochondria 的解剖，里边也带叙着现代人的苦闷，——便是性的要求与灵肉的冲突。"这一段话既阐明了小说的主题，也概括了作品的主要内容。

【深度阅读】

小说主人公在妓馆喝酒到半酣状态时，作了一首诗。是这样写的："醉拍阑干酒意寒，江湖寥落又冬残。剧怜鹦鹉中州骨，未拜长沙太傅官。一饭千金图报易，几悲五噫出关难。茫茫烟水回头望，也为神州泪暗弹。"俗话说，"酒壮怂人胆"，一味自卑的主人公借着酒意，用诗歌抒写内心的爱国之情，表达身处异国，远离祖国，难以报答祖国的惭愧和遗恨。主人公的爱国其实是一贯的。"位卑未敢忘忧国"，这是中华民族先贤的祖训，作为一名知识分子，虽然患上了抑郁症，但内心仍然深深爱着羸弱的祖国，以至于在投海前呐喊到"中国呀中国，你怎么不强大起来！"这是怎样的一种悲伤啊！请在阅读时体会主人公作为一个弱国留学生的"爱国之情"。

【点拨阅读】

1. 题材的自传性

小说中的主人公来自浙江富春江上的一个小城市，3 岁父亲去世，在长兄的帮助下留学日本。这些经历和作者本人的信息高度吻合。而且郁达夫在他的《五六年来创作生活的回顾》中也曾说过，"我觉得文学作品，都是作家的自叙传这一句话，是千真万确的。"因此，小说中主人公的留学心理感受和变化都来自作者亲身的感受和体验，是真实的，可信的。他在他的散文《雪夜》中写道："支那或支那人的这一个名词，在东邻的日本民族，尤其是妙年少女的口里被说出的时候，听取者的脑里心里，会起怎样的一种被侮辱，绝望，悲愤，隐痛的混合作用，是没有到过日本的中国同胞，绝对想象不出来。"所以，当我们看到主人公悲愤地喊出"中国呀中国，你怎么不强大起来！"这句话时，就很容易理解小说的自传性特色了。风雨飘摇的时代、辗转十年的留学生活，让个性敏感的作者饱尝心灵的折磨。怕羞、畏缩、孤独如影随形，异域留学的隐痛和绝望难以想象，这些真切的感受当然来自他在日本的十年留学生活经历和内心体验。

2. "零余者"的形象

所谓"零余者"，出自郁达夫《零余者》，主要指"五四"时期一部分遭受社会挤压而无力把握自己命运的歧路彷徨的知识青年。小说的主人公就是这样一个典型。"五四"时期知识青年受时代精神的影响，个人意识、民族精神开始觉醒。但当时的祖国贫弱落后，旧的势力和思想仍然强大，留学国外又遭受难以容忍的民族歧视而无处获得安慰。在这样的内外夹击中，个人独战的寂寞感、人生思考的苦闷感、社会势力的压迫感通通压了下来，生而无为、生而不能的自卑、失望和知识分子的懦弱叠加起来，生而自哀的失落感油然而生。严重的自卑心理与多愁善感的气质，是他无法排解自己心理压力而沉沦的重要原因。他无法正常与人交往，哪怕是在"人的意识"觉醒后的爱情追求也无法正常展开。于是在"灵与肉"的矛盾中产生了性变态心理和怪癖的行为。他经历了从忧伤走向病态，从自怜转为自弃的心路历程，孤独、彷徨、沉沦，最终在时代的泥潭中陷入了痛苦而绝望的深渊。

3. 散文化的结构

《沉沦》作为小说，没有惊心动魄的曲折情节，更没有由此产生的矛盾冲突。整个小说以情绪为线索，用散文式的抒情结构来表现人物的心理和性格。小说第一句直接道出"他近来觉得孤冷的可怜"，一提笔，就把读者带入了主人公的情绪体验中来。由此而起，整个作品情节淡化、人物虚化，却单单情绪浓烈，引发当时青年的极大共鸣。

《沉沦》就好像一件"情感、情绪的百衲衣"，完全依据人物情感的起伏涨落，把几个生活片断串联起来：自怜的画像、爱情的渴望、家世自报、自慰的恶习、偷窥的劣行、酒肆寻妓、酒醒后的悲悔，仿佛作家顺手拾来，随意着笔，事随情迁，却形散而神不乱。"双重苦闷"就是全篇无拘无束自然流动的情绪线索的"神"。作者把散文技法中形散神不散的精髓灵活巧妙地运用到小说创造中，以"情绪流"结构全篇，既符合一个忧郁病患者的病态心理，又让读者在看似天马行空、自由散漫的行文中，真切地的体会到主人公的伤感情绪，并激发起强烈的共鸣。

【拓展阅读】

1. 查阅有关资料，进一步了解郁达夫在抗战时期的主要经历和贡献，感受一个爱国文学家的拳拳爱国情感。

2. 阅读郁达夫的《春风沉醉的晚上》，深入感受郁达夫小说创作的变化和发展。

（冯丽芳、王宪文）

茅盾《子夜》阅读指导

【阅读目标】

1. 了解《子夜》创作的时代背景及故事梗概。
2. 通过作品阅读，理解和认识吴荪甫形象的典型意义。
3. 认识《子夜》题材反映的时代与社会环境特点。

【基础阅读】

《子夜》是茅盾长篇小说的代表作品，创作完成于 1932 年 12 月，共十九章。第一到第三章是小说的开头，以吴老太爷的死为线索，主要人物悉数登场。第四章至十六章是全书的主体部分，主要表现吴荪甫与赵伯韬的矛盾，双桥镇农民暴动与吴荪甫的矛盾，丝厂女工罢工斗争与吴荪甫的矛盾。第十六章至十九章是小说的高潮部分，详细写吴荪甫所经营的事业的彻底崩溃。

《子夜》以 1930 年春末夏初为时间节点，表现在国内外综合因素打击下，中国民族资本主义工商业走向破产的悲剧命运。在世界上，欧洲经济陷入恐慌与萧条，严重打击了中国民族工业；在国内，因国民党内部蒋介石、汪精卫、冯玉祥、阎锡山之间的军阀混战而民不聊生。以吴荪甫为代表的中国民族资产阶级为了挽救自己，开始了一系列的"神操作"。他先是和买办金融资本家赵伯韬合伙投资公债生意，又成立了信托公司，妄图发展壮大自己，挤垮赵伯韬。未料却掉进了赵伯韬的陷阱，而落得全盘皆输。为了挽救濒临破产的企业，他坚持开设裕华丝厂，经营电厂、店铺、油坊、米厂，吞并了八个小厂，成立了益中信托公司，疯狂地幻想发展资本主义。同时，为了降低成本，他增加工人工作时间，降低工人工资，甚至大批开除工人，引起了工人的猛烈反抗，工人罢工浪潮一时高涨，资本家和工人矛盾激化。

茅盾的《子夜》全方位展示了 20 世纪 30 年代初中国社会生活的广阔

画卷，史诗性地再现了中国民族工业在帝国主义、买办资产阶级、统治阶级重压下的悲剧命运。

【深度阅读】

《子夜》第十七章是小说的高潮，主要写吴荪甫在"大决战"前夕与赵伯韬的正面交锋。小说先写吴荪甫由于内心烦闷而邀约了孙吉人、王和甫、韩孟翔、徐曼丽乘着小火轮在黄浦江上饮酒作乐，消遣排忧。上岸后，在已经倒戈投向赵伯韬的李玉亭的穿梭中，吴荪甫单枪匹马去会赵伯韬，开始正面交锋。赵伯韬用解释的口吻交代了他用"开玩笑"的方式挤垮了朱吟秋丝厂，通过收买吴荪甫的合作伙伴杜竹斋，使"益中信托公司"濒临破产，进而威逼吴荪甫开展"融资"合作，吴赵围绕"融资"合作，进行正面交锋，吴荪甫一筹莫展，败下阵来。

在阅读中，请注意体会吴荪甫和赵伯韬三次交锋中的语言、神态、动作、心理活动变化。

第一回合交锋。在王和甫不出席的情况下，吴荪甫一个人单枪匹马去会赵伯韬。在墙角的一张小圆桌旁边和赵伯韬对面坐定了后，努力装出镇定的微笑出来。而赵伯韬"依然是那种很爽快的兴高采烈的态度，说话不兜圈子，劈头就从已往的各种纠纷上表示了他自己的优越"，说旧账可以一笔勾销，但有几件事先对吴荪甫"声明一下"，一是他不能拒绝银团托辣斯，因为他是股东，利益所在不能不做。二是与朱吟秋签订押款合同不是"见食就吞"，也没想过要用全力来对付吴荪甫，甚至压根就"不注意缫丝工业"。这样，所有的过错就是吴荪甫自己的了，是吴荪甫"自己太多心"，而吴荪甫也只能笑了一笑，耸耸肩膀而已。赵伯韬却没有笑，"眼睛炯炯放光"，一副胜利者的姿态。

第二回合交锋。赵伯韬承认在挤垮益中信托公司中使用过"一点手段"，否定吴荪甫猜度他在幕后指挥"经济封锁"，而且还说"自家人拼性命，何苦！"言外之意，就是既然是商业竞争，使点手段也是正常的，何况也只是"一点手段"，至于"幕后封锁经济"的事他根本就没有干，他把吴荪甫当成"自家人"，根本不可能干那样的事，反倒是你吴荪甫"太多心了"。而吴荪甫也只好"狂笑着"，"挺一下眉毛"罢了。吴荪甫又败下阵来。

第三回合交锋。吴荪甫被逼得退无可退的情况下，单刀直入，逼赵伯韬说出"合作"的事来。吴荪甫先揭露他收买合作伙伴杜竹斋，赵伯韬也以牙还牙，揭露他挖走合作伙伴韩孟翔，利用徐曼丽的事来，嘲讽吴荪甫"手腕灵敏"。这一回合，虽然彼此不过半斤八两，各打五十大板，但吴荪甫心里却感到"若干胜利的意味"，自信心也恢复了不少。吴荪甫利用心理优势，主动提出了"合作"的事，本想占据主动，赵伯韬却提出了给益中信托公司"融资"的事来，吴荪甫先是一口拒绝，但马上就想到赵伯韬是"以其人之道还治其人之身"的战术，用自己兼并朱吟秋丝厂的办法来对付自己的益中公司了，而且，他知道"经他这一拒绝，赵伯韬的大规模的经济封锁可就当真要来了"。吴荪甫内心刚刚拥有的一点点自信瞬间"软化了"，结果是"他仿佛听得自己心里梆的一响，似乎他的心拉碎了，再也振作不起来；他失了抵抗力，也失了自信力，只有一个意思在他神经里旋转：有条件地投降了罢？"但吴荪甫不肯在赵伯韬面前认输，而是借口把事情拿到董事会上讨论，在假装的狂笑中逃之夭夭了。

【赏析阅读】

1. 鲜明的创作主题

小说以民族资本家吴荪甫与买办资本家赵伯韬的斗争为主要线索，展示了 20 世纪 30 年代初期上海这座现代大都市的社会风貌。吴公馆的豪奢客厅、光怪陆离的夜总会，各个工厂的错综复杂的斗争、公债市场上声嘶力竭的火并，教授、诗人们的高谈阔论与小姐、太太们的伤心爱情等构成了大上海都市风貌风情。同时，作者又通过一些细节，对当时正在发生的中原战争做了历史性的描绘。可以说，展现了清晰的时代风云，揭示了纷繁复杂的各类矛盾，描绘了深广的社会生活。

茅盾写作《子夜》时，中国社会正在进行一场关于中国社会性质的大讨论，有的人认为，中国依然是半殖民地半封建社会，革命应该由中国共产党来领导；有的人认为，中国已经走上资本主义道路，反帝反封建的任务应该由资产阶级来完成；还有一些人认为，中国的民族资产阶级可以在既反对共产党、又反对官僚买办资产阶级的夹缝中求得生存与发展，最终建立欧美式的资产阶级政权。茅盾的《子夜》就是用艺术手段来回答这个问题的，即用文学的手法揭示生活的真实，并预示社会发展的方向，结论就是，中国并没有走上资本主义道路，而是在帝国主义、封建势力和官僚买办阶级的压迫下，更加半殖民地半封建化了。

2. 失败的民族资本家典型

吴荪甫是 20 世纪 30 年代民族工业资本家的典型，是一个"失败了的英雄"。他曾经游历欧美，学得了资本主义的管理制度与方法，他雄心勃勃，有着发展中国民族工业的宏伟理想。他不但在上海有裕华丝厂，在家乡双桥镇还有一批产业——当铺、米厂、油坊、钱庄、电厂等；在民族工业濒临危机的 1930 年，他试图力挽狂澜，与孙吉人、王和甫等人创办了益中信托投资公司，收购了八个将要破产的日用品小厂；他还有着旺盛的生命力，果敢、坚毅、顽强的铁腕与魄力，是时代的主角。但很遗憾，他"生不逢时"，他生在半殖民地半封建的中国，生在帝国主义侵略经济在中国作威作福的 30 年代，当他代表的民族资本遭遇买办资本的时候，他的一切优势都不攻自破。

家乡的农民暴动，使他在双桥镇的产业悉数被毁；城市工厂的工人罢工又给他的经济以沉重打击。其实这些还不足以摧垮"伟大"的吴荪甫，真正的毁灭性的打击来自买办资本家赵伯韬。赵伯韬是帝国主义的掮客，是美国资本在华的附庸。因为有着美国人的撑腰，他在股市上呼风唤雨，不到两个月，就把吴荪甫的益中信托公司打得一败涂地，使吴荪甫最后落了个倾家荡产的结局。

吴荪甫的性格是矛盾的统一体，他既暴躁又冷静，既刚强又脆弱，既求实又迷惘，既正经又荒唐。吴荪甫的人生经历充分表现了中国民族资产阶级的两重性：既对帝国主义和买办资产阶级强烈不满，具有民族性；又对工农运动和革命武装极端恐惧和仇视，具有反动性；既对当权政府的腐朽统治和军阀混战的局面不满，具有革命性，又想依靠反动势力镇压工人农民运动，具有凶残性。

3．环境描写和象征手法

小说中不仅有上海大都市的风光描绘，更多的是对社会环境的描写。小说以"吴公馆""交易所""裕华丝厂"为中心，各种人物、各种矛盾互相交织，相互展开，纷繁复杂，构成一个整体。象征手法在小说中比比皆是。如第一章吴老太爷一进上海就去世，象征着封建地主阶级退出了历史舞台，中国的社会开始了以吴荪甫为代表的新兴资产阶级的悲喜剧。小说之所以最后取名为"子夜"，是因为"子夜"是自然界最黑暗的时刻，"子夜"象征了当时中国的黑暗情境以及穿过黑暗走向黎明的信念；作者让赵伯韬战胜吴荪甫，象征着外来经济对民族经济的吞并。

【拓展阅读】

1．阅读《子夜》全文，注意体会小说刻画人物心理时采用的方法和作用，体味"社会剖析小说"的特点。

2．阅读茅盾"农村三部曲"、《林家铺子》等作品，体会茅盾作品全面再现了 20 世纪 30 年代中国什么样的社会风貌。

（张彩琴、王宪文）

巴金《家》阅读指导

【阅读目标】

1. 了解《家》的故事梗概、时代背景和主要内容。
2. 了解《家》中主要人物高老太爷、觉慧及鸣凤等人物的性格特点。
3. 体会小说环境描写和人物心理描写的作用。

【基础阅读】

《家》是巴金小说"激流三部曲"中的第一部，共四十章，创作于 1931 年。小说以 20 世纪 20 年代初期成都高姓大家庭为背景，反映在五四时代潮流的冲击下封建大家庭由盛而衰，急剧瓦解崩溃的过程，再现了新与旧、爱与恨、血与泪、矛盾和斗争、压迫与反抗的激烈交锋，展现了青年一代冲破束缚、追求革命的滚滚洪流。

第一章至第七章是故事的开端，主要叙述觉慧、觉民和琴等的学校生活，觉新的爱情悲剧和鸣凤苦难身世，初步展示人物的关系和生活环境。第八章至第三十五章是故事的发展部分，主要写以觉慧为代表的青年一代与社会上的封建军阀和家庭中的封建势力之间的矛盾和斗争，主要情节有觉民抗婚，梅的病死，克定出丑，老太爷去世等，表现两种势力、两种思想激烈交锋，矛盾斗争日益尖锐和激化。第三十六章至第三十七章是故事的高潮，鸣凤被逼投湖，瑞钰被逼离家难产死亡，这些事情震撼了觉慧，增加了他对封建家庭的憎恶和仇恨，并下决心离家出走。第三十八章至第四十章是故事的结尾，写觉慧投身社会，出走上海。

【深度阅读】

《家》的第二十六章，曾入选中学教材，标题为"鸣凤之死"。文章讲述鸣凤被太太告知将她许给冯乐山，鸣凤苦苦哀求无果后，几乎陷入绝望。她本来想回到仆婢室里去睡，却不自觉地轻脚轻手地走到了觉慧的窗下，恍惚中，触碰到了窗子，但屋里专心写作的觉慧并没有听见。后来，鸣凤又敲了两次窗户，里面的觉慧还是没有听见。因为觉慧和哥哥们住在一起，鸣凤不敢高声地敲窗户，只能呆呆地站在窗户外面恍惚。她回忆着觉慧曾对她说过的话，他喜欢她，她也爱着觉慧，所以，能救她的只有觉慧。正当鸣凤想不顾一切地跑进觉慧家的时候，屋里的灯光却灭了，觉慧错过了鸣凤。鸣凤在恍恍惚惚中度过了第二天，却始终没有与觉慧见面的机会。到第三天的晚上，鸣凤终于见到了整天忙碌的觉慧，本想把所有的心事都倾诉给觉慧，但觉慧却因为忙碌而多次用"再过两天"来岔开话头，鸣凤始终没有勇气说出太太把她许给冯乐山的事来。而当觉慧从觉民口中得知此事的时候，鸣凤已经绝望地投湖自尽了。

鸣凤在觉慧窗前三次敲窗户，觉慧却始终没有察觉，你觉得作者为什么要这样设计？注意文章对鸣凤激烈的心理活动的描写。为什么鸣凤始终没有都把心事说给觉慧呢？作品几次写到"永远有一堵墙隔开他们两个人"，这堵墙是什么？如果鸣凤将真相告知觉慧，觉慧有能力挽救鸣凤吗？鸣凤的悲剧是谁造成的？鸣凤的死对于觉慧性格的塑造有什么意义？

【赏析阅读】

1. 激流中的时代特征

《家》是巴金"激流三部曲"的第一部，"激流"是新文化新思想与封建礼教旧文化旧思想的斗争激流，是革新与守旧的斗争激流，是压迫、迫害与抗争、斗争的激流。在这些激流中，以高老太爷为代表的封建家长和封建礼教凭借着封建家长的绝对权威，独断专权地统治着上上下下百余口人的大家庭，反对孙子们进学堂，不准参加社会活动；包办婚姻，制造悲剧。而受五四新文化新思想影响的青年一代，对封建制度、封建礼教，疾恶如仇，向往自由，敢于反抗，同情劳动人民，勇于探索和追求，用实际行动起来抗争和斗争。鸣凤之死喊出了五四时代的青年女性"我要做一个人"的自由呼声。鸣凤这一女性形象是青年一代的代言人，她的抗争看似无声，实则有力，激励着人们投入生活的激流中去，不仅要活下去，而且要征服生活。

2. 激流中的青春呐喊

在整个作品中，鸣凤的笔墨并不多，但她确是最令人喜爱的人物，自然她的死就成为最令人难忘的情节。出身低微的鸣凤获得了觉慧的"爱"，实际上获得的是跨越身份和地位的"平等"，这在高家是很难得到的，所以鸣凤会因为觉慧的爱而更加坚韧，为了这份爱可以吞下任何苦楚，而实际上，鸣凤和觉慧之间永远有"一堵不能推倒的墙"，少爷和婢女的爱情永远是不对等的。

佣人鸣凤，作为高家婢女，一方面身不由己要嫁给封建思想的卫道士冯乐山做小，一方面深爱着新时期革命运动先锋高觉慧，处于两种思想搏斗间的鸣凤注定会成为这个旧时代的殉葬品。年仅十七，却被高老太爷像物件一样送给七十多岁的冯乐山做小，不必征求同意，只通知三天以后会被送过去，容不得不同意，更不能反抗。她恳求大太太未果，求助觉慧不得，又因"做小"是耻辱的观念作祟，而不能与别人诉说，只把希望寄托在觉慧一人身上直至破灭。家中主人也好，佣人也罢，抑或爱人，合谋葬送了鸣凤这个年轻的生命。"家"之于作品中的鸣凤等青年是监狱、是牢笼，作为作品中第一个奋不顾身地与封建势力顽强抗争、惨烈而死的人，她的生命不仅闪烁着爱的光芒，更放射出死的勇气，让我们同情、悲愤之余，从这牺牲中激发挣脱困境的勇气、征服生活的欲望，怀着对生活的希望大步向前。

鸣凤身份低微，却不曾丧失做人的尊严，觉慧对她的爱和要迎娶她的誓言，坚定了她对美好生活的向往。投身于新思潮的觉慧，在自己忙的时候，便会暂时忘记鸣凤。确知鸣凤的死讯后，觉慧无法接受，并要离家出走以与生活了几十年的家决裂，觉慧的离家出走呼应了青年觉醒的主题，承载了丰富的悲剧内涵，鸣凤以死捍卫了自己的清白和对爱情的忠贞，是对封建礼教的愤怒控诉。

3. 激流中的内心世界

小说作者善于通过细腻的心理描写表现人物的性格，挖掘人物的内心世界。"鸣凤之死"部分就通过鸣凤的心理活动、直觉、幻觉、回忆等叙述手法细腻地刻画了鸣凤投湖前三天的心理变化过程。

在觉慧窗前，鸣凤三次敲窗的心理活动细腻传神。"她不做出一点声音，唯恐惊动里面的人。过了一些时候，白纱窗帷渐渐地带了空幻的色彩，而变得更加美丽了。模糊中在里面出现了美丽的人物，男男女女，穿得很漂亮，态度也很轩昂。他们走过她的面前，带着轻视的眼光看她一眼，便急急地掉过头走开了。忽然在人丛中出现了她朝夕想念的那个人，他投了一瞥和善的眼光在她的脸上。他站住，好像要跟她说话，但是后面一群人猛然拥挤过来，把他挤得不见了。她注意地用眼光去找寻他，然而在她面前白纱窗帷静静地遮住了房里的一切。"恍惚中的鸣凤，既觉得自己卑微，又希望获得她喜欢的觉慧的帮助，这种矛盾斗争一直让她犹豫、迟疑，不敢去敲觉慧的窗。她"一个不留心，她把手触到了窗板，发出一个低微的响声，接着房里起了一声咳嗽，正是那个人的声音。她才知道他还没有睡。她盼望他走到窗前揭起窗帷来看她，她在那里等待着。"然而，"里面又寂然了，只有笔落在纸上的极其低微的声音。"她第二次敲觉慧的窗户，盼望着觉慧会听到出现，但又失望了。当她怀着最后的希望，又一次走到窗前轻轻敲了三下，又低声叫了一次"三少爷"，"但是过了一些时候还是没有动静，只是落笔的声音更急了。"每一次敲门，屋里都有声响，但就是不见觉慧出来，内心的期盼与现实的绝望，一直在鸣凤心中翻卷，直到她彻底失望。

【拓展阅读】

1. 完整阅读巴金的小说《家》，整体感知作品故事与人物形象。
2. 试着对觉新、觉民、觉慧进行一番比较。
3. 观看影视作品《家》，感受文学作品与视觉作品的差异。

（原丽敏、王宪文）

老舍《骆驼祥子》阅读指导

【阅读目标】

1. 了解《骆驼祥子》的故事梗概和主要内容。
2. 理解祥子的典型形象和悲剧特征。
3. 体会老舍小说的语言特色和魅力。

【基础阅读】

老舍的《骆驼祥子》写于 1937 年，是老舍最有代表性的作品。小说讲述了农村破产青年祥子进北平城寻求活路，历经诸多磨难，最后堕落成一个流落街头的末路鬼的故事。18 岁的祥子，虽然不能在农村生活了，但他勤劳、纯朴、善良，自信凭他年轻好强、充满生命活力的身体，完全可以过上幸福的生活，以至于成了一名人力车夫。祥子的最大梦想就是能有一辆自己的车。于是他用三年的时间省吃俭用，终于实现了理想，成为自食其力的上等车夫。但刚拉车半年，就在兵荒马乱中被逃兵掳走，失去了车子，却意外地牵回三匹骆驼。祥子没有灰心，他依然倔强地从头开始，更加克己地拉车攒钱。可是，还没有等他再买上车，所有的积蓄又被侦探敲诈、洗劫一空，买车的梦想再次成了泡影。但他仍然希望有自己的一辆车，车老板的女儿虎妞看上了祥子，并逼老板同意婚事，祥子真的有了自己的车，而且还成了家。但好景不长。虎妞因为难产死亡，为了办理丧事，祥子不得不再次卖掉了车子。三起三落的遭遇，严重打击了祥子的信念和勇气，但他还是想和他真心喜欢的小福子成亲。孰料，小福子被女主人拉下水，染上了病，被卖进了妓院，最后上吊自杀。祥子内心仅存的一点希望彻底熄灭了，他开始走向堕落，最后沦为流落街头的末路鬼。

【深度阅读】

骆驼，祥子，一个是牲畜，一个是人，为什么却被作者联系到了一起？

请仔细阅读《骆驼祥子》，注意不同阶段的祥子的状况。

一是农民"祥子"。他充满朝气、自信、好强，保有农民的淳朴、具有良好的职业道德，这是刚进城时候的祥子，用书中的话说，这个时候的祥子"在与'骆驼'这个外号发生关系之前，是个比较自由的洋车夫。"他给人的感觉是美好的，"他确乎有点像棵树，坚壮、沉默，而又有点生气。"

二是"骆驼祥子"。他把从兵营里冒死牵回来的三只骆驼卖给一个老者，返城途中病了三天，高烧昏迷中"骆驼"大概经常在他含糊的呓语中出现，等他醒来，"骆驼祥子"变成了他的雅号。这阶段的祥子一挫再挫，内心常有矛盾，失去了往昔的执着，理想不像先前坚定了。

三是丈夫的"祥子"。这时的祥子已经没了自主，就像被猫捕住的一只小老鼠，徒劳挣扎也不能脱困。他痛苦不堪但还保有体面，也未改做一个"独立劳动者"的初衷。

四是"一般车夫"的"祥子"。他失去了"高等车夫"的梦想，成了一个"一般车夫"的祥子，新的道德标准是"合群"，但还爱小福子，这是他阴暗生活的唯一光亮。

五是"走兽"的"祥子"。这阶段的祥子，早已成为行尸走肉，人的二重性中的兽性野性大大爆发。最终沦为病态社会里的产儿，成了一个个人主义的末路鬼。

【赏析阅读】

1．鲜明的时代主题

《骆驼祥子》讲述了破产农民祥子从农村流落到城市做了"人力车夫"，并以此作为翻身立命之本，但却最后堕落为"个人主义的末路鬼"的经过，揭示了在旧社会强大的黑暗势力笼罩下，个体劳动者靠个人奋斗的悲剧结局，展示了军阀混战、黑暗统治下的老北京底层市民贫苦辛酸的生活图景。小说通过祥子一步一步地走向堕落，痛斥压迫人民的腐败政府和黑暗社会，揭露黑暗的旧社会对淳朴善良的劳动者所进行的剥削和压迫，控诉了旧社会活生生把人变成鬼的罪恶，表达了作者对劳动人民的深切同情，批判了自私狭隘的个人主义，揭示了个人奋斗不是劳动人民摆脱贫困改变境遇的道理。

2. 典型的悲剧性格

祥子，来自农村，因为失去了农民赖以生存的土地，只好进城寻求活路。有着农村青年的茁壮与诚实品质的祥子，最大的理想是拉着自己的车去挣自己的未来。终于靠三年的节俭与努力，他挣得一辆簇新的人力车，可谁成想仅仅半年就被乱兵抢去。第二次攒钱却因自己的愚昧和保守，只相信"钱在自己手里才最保险"最终被孙侦探敲诈殆尽。第三次却是以与虎妞的诈婚为代价，有了自己的车。然而，不久后虎妞难产而死，最终人财两空。就连他真心喜欢的小福子也只能看她上吊而死。祥子想凭自己的努力和奋斗过上好的生活，这种愿望本非常朴实和正常，但在那个时代和社会，却一次又一次地成为泡影，一次又一次的打击，让他对人生产生了怀疑。从此，他不再希望什么，吃喝嫖赌、偷懒耍滑，迷迷糊糊地朝着那无底深渊越坠越深。祥子的心没了，只剩下一个高大的肉架子，一天天地溃烂，直到被扔到乱死岗去，祥子的悲剧是个人奋斗者的悲剧，是那个时代的悲剧。

3. 高超的语言驾驭能力

一是小说总体上语言质朴平易，没有太多的华丽辞藻。即便是对"烈日和暴雨"的环境描写，也主要以刻画人物为主，环境为人物塑造服务。二是京腔京韵的"京韵儿"。诸如"抄着根儿""冒儿咕咚""上下一边儿多""搁在兜儿里""没错儿""黑签儿会""不象回事儿""赶明儿""直诚劲儿"等儿化音比比皆是。其他北京方言口语词如"冒儿咕咚""新新""赶明儿哗啦了""急得红着眼转磨""鼓逗钱"等，都非常鲜活。三是巧用民间俚语。小说取材于中下层市民的生活，作为平民语言的俗语，在老舍笔下更是信手拈来。像"小胡同赶猪直来直去"，"周瑜打黄盖，愿打厚挨"等等，既符合人物形象的身份特征，又使小说的语言生动、活泼、有趣。总之，《骆驼祥子》的语言如一杯香茗，初读觉得平淡无奇，然而越品味便越觉得回味无穷。

【拓展阅读】

1. 请完整阅读小说，给每个章节拟一个恰当的题目。

2. 自查资料，对比阅读胡适和沈尹默的同名现代诗《人力车夫》、鲁迅的《一件小事》三个作品，探究明确"人力车夫"这一形象在中国现代文学史上的意义和影响。

（冯丽芳、王宪文）

沈从文《边城》阅读指导

【阅读目标】

1．了解沈从文生平及创作特色。
2．了解《边城》故事梗概和地域特色。
3．通过主要人物形象感受湘西的地域美、风俗美、人性美以及浪漫主义特色。

【基础阅读】

《边城》创作于 1934 年。故事叙述了 20 世纪 30 年代，湘西边远小镇茶峒，一位年过古稀的老船夫带着十五岁的外孙女翠翠靠撑渡为生，他们热情善良，纯洁质朴，不辞辛苦地守着渡船为来往的客人摆渡。船老大顺顺有两子，都长得英俊潇洒，大老天保憨厚寡言，二老傩送清秀善歌，两人同时喜欢上了翠翠。但是两年前的端午节赛龙舟活动中，翠翠遇到了傩送，早已暗生情愫。不知情的大老天保，却托人向老船夫求亲。老船夫不明白翠翠的心思，想让外孙女跟着天保。当兄弟俩得知情由后，决定去后山唱歌来赢取翠翠的心。当天保发现翠翠喜欢的是弟弟时就决定退出，结果在外出闯滩时遭遇意外。弟弟对哥哥的死无法释怀，也选择了离去。老船夫为翠翠的亲事煞费苦心，最终去世，只剩下翠翠守着渡船，孤独地苦等着傩送归来。

【深度阅读】

小说共二十一节，每小节的都可以独立成章。翠翠是小说的典型形象，她天真善良、温柔清纯，是"爱"与"美"的化身，翠翠身上的"美"是通过她的爱情故事逐步表现出来的。阅读小说，注意翠翠的"爱"的成长过程。翠翠的爱情萌生于她在小镇看龙舟初遇傩送，翠翠的爱情完全觉醒于两年后又进城看龙舟。翠翠对爱情的执着体现在她在爱上傩送后，没想到傩送的哥哥也爱上了她。出于对爱情的忠贞，她明确向爷爷表示拒绝。然而，她与傩送的爱情却忽然受到严重挫折，傩送远走他乡、爷爷的死，使她一夜之间"长成大人"。最后，她像爷爷那样守住摆渡的岗位，苦恋并等待着傩送的归来。小说结尾说"这个人也许永远不回来了，也许'明天'回来"，意味深长，耐人寻味。

小说中有关边城茶峒以及湘西端午节赛龙舟、赛歌相亲等内容的描写，很好地表现了湘西的风土人情美，阅读时，注意体会楚地的风土人情。

【赏析阅读】

1. 独特的题材和主题

湘西位于川、湘交界区域，地方偏僻，交通闭塞，外面的生活方式和思想风习很难渗透进去，因而即便到了 20 世纪二三十年代，湘西仍然保留着小农经济模式，人情风俗和道德形式仍然保留着比较原始的习俗和传统的民族习惯，这给沈从文的小说创作提供了表现湘西社会这种原始的神秘性和特殊性的便利条件，展现了湘西人的另外一种人生形式。

20 世纪 30 年代的中国文坛正是大变革、大发展的时期，许多作家拿起手中的笔，表现轰轰烈烈的城乡社会生活或域外的留学生活，沈从文却没有跟风，而是选取了他比较熟悉的湘西少数民族生活题材，表现当地的生活和风土人情，扩展了新小说的创作题材，标志着革命文学的发展和深入影响。《边城》以美好的笔触、散文化的小说形式描绘了湘西独有的风俗世情，展现了这个"世外桃源"的美丽古朴，也凸显出湘西人民的善良美好与澄澈纯洁。整部作品是对理想化现实社会的赞扬，更洋溢着作者对故土的热爱与眷恋。

2. 古朴恬静的自然美

小说致力于展现一个干净、纯洁、未受世俗侵扰的"乌托邦"式的边城。文中写这里的深潭清澈见底，白天河底石子的颜色和花纹清晰可见，水中游鱼如浮在空气里，两岸多高山，山中多细竹，深翠的颜色，逼人眼目。近水的人家，多藏在桃杏花里，春天时，有桃花处必有人家，有人家处必有酒家。短短几句，足见小镇之美，所有景色浑然天成，有着令人舒适的和谐统一和爽朗明净，处处都沾染着生命的气息。

小镇凭水依山而建，桃花深处的人家，古朴的黄墙黑瓦，溪边的白塔，山水环绕的村庄，还有吊脚楼，迷人的自然风光与民居建筑相得益彰，静态和动态的完美融合，营造出小镇柔和清爽的气氛，给人以美的视觉享受。

3. 丰富独特的风俗人情

在边城茶峒，人与人，人与自然之间都达到了一种和谐境界，人们真诚相待、相互扶持，保持着独特的民风民俗。春节时，有舞狮活动、闹元宵、放烟火。端午节是最热闹的，龙舟比赛中最快的船队能得到一枚银牌，无论奖牌给了谁，都代表了船上所有人团结协作、并肩作战的荣耀；捉鸭子，长官放几十只鸭子到河里，擅长游泳的百姓便去河里追赶鸭子，谁捉到便属于谁。中秋节则是年轻人的狂欢，男女青年通过唱情歌来传达爱意。小伙子需要唱三年以上的情歌来感动姑娘，这种追求感情的方式简单质朴、执着持久，充分展现了小镇风俗的纯净美好。

这座小城里，有正直淳朴的风气，有重义轻利的情感追求。掌水码头的顺顺大方洒脱，公正无私。他的两个儿子也都"和气亲人，不骄惰，不浮华，不倚势凌人"，老船夫明明生活清贫，却不收摆渡钱。翠翠天真活泼，纯洁善良。

在情节的展开中，也随时可以看到人性美的闪光。老船夫希望能给外孙女找到好的托付，可他最看重的不是对方条件如何，而是翠翠的心意；少女翠翠自由而迷惘，她天然地爱人，爱祖父，爱傩送，没有任何伤害人的心，在花一样的年纪有了对爱情的渴望与追求，这追求并非热烈的，而是顺其自然的；她对傩送的感情由朦胧至清晰，傩送亦愿意为了她而放弃碾坊陪嫁。两人之间的爱情是纯洁的、自然的，不受任何金钱地位的影响，不受长辈的制约，而是两个灵魂的碰撞与吸引，这是爱情的本质体现。

兄弟俩摊牌爱上同一个姑娘时，他们的爱不是强制的，而是接受了老船夫的要求，要么走"车路"，要么走"马路"，他们的竞争既尊重兄弟之间的感情，又尊重翠翠的自我意愿。天保对翠翠的爱，同样不掺杂质。他爱翠翠，也爱弟弟，所以选择了退出，并未落"三角恋"的复杂与俗套，这样的爱情关系是健康明朗的、纯真质朴的。

顺顺本对老船夫有敌意，可在老船夫去世后，仍第一时间前来帮忙并愿意接翠翠回家照料。杨马兵多年前追求翠翠母亲未果，多年后仍愿意照顾翠翠。所有的人都在认真地生活，不欺骗、不刻意伤害，勤劳质朴，热烈坚持。这样纯洁坚贞的爱情，这样淳朴高贵的品性，这种原始的人性之美值得我们赞颂。

【拓展阅读】

1. 观看电视散文《边城印象》系列和电影故事片《边城》，阅读《湘西笔记》《沈从文自传》，加深对沈从文其人、其时代、其作品的了解，感受"边城"独特的人文风情和故事氛围。

2. 如果要以翠翠为标准，给边城茶峒选一位旅游形象小姐，你打算选一位什么样的女孩?运用人物描写的方法描述出来，请写成一篇 1000 字左右的文章。

（牛晓艳、王宪文）

萧红《呼兰河传》阅读指导

【阅读目标】

1. 了解萧红生平和创作情况。
2. 了解《呼兰河传》的创作背景和作者的心境。
3. 感受萧红《呼兰河传》的结构和语言特色。

【基础阅读】

文学史家杨义先生在其《中国现代小说史》中把萧红誉为"20世纪30年代的文学洛神",但是萧红却只有 31 年的生命旅程。还记得小学学过的《火烧云》吗？它就出自萧红的《呼兰河传》呢。

《呼兰河传》创作于 1940 年,共七章,十四万余字。第一章主要介绍呼兰河小城的气候、风光和风貌；第二章介绍呼兰河小城的跳大绳、唱秧歌、放河灯、野台子戏、四月十八娘娘庙大会等精神生活；第三章、第四章主要介绍伴"我"幼年成长的祖父和家庭；第五章主要介绍被虐待致死的小团圆媳妇；第六章介绍"我"家的一个亲戚有二伯；第七章介绍"我"家的邻居磨匠冯歪嘴子。

【深度阅读】

1. 请阅读萧红《永久的憧憬和追求》中的几段文字,进一步感受一下萧红的家庭情况。

父亲常常为着贪婪而失掉了人性。他对待仆人,对待自己的女儿,以及对待我的祖父都是同样的吝啬而疏远,甚至于无情。

有一次,为着房屋租金的事情,父亲把房客的全套的马车赶了过来。房客的家属们哭着,诉说着,向着我祖父跪了下来,于是祖父把两匹棕色的马从车上解下来还了回去。

为着这两匹马,父亲向祖父起着终夜的争吵。"两匹马,咱们不算什么,穷人，这两匹马就是命根。"祖父这样说，而父亲还是争吵。

九岁时，母亲死去。父亲也就变了样。偶然打碎了一只杯子，他就要骂到使人发抖的程度。后来连父亲的眼睛也转了弯，每从他身边经过，我就像自己的身上生了针刺一样，他斜视着你，那高傲的眼光从鼻梁经过眼角，而后往下流着。

所以每每在大雪中的黄昏里，围着暖炉，围着祖父，听着祖父读着诗篇，看着祖父读着诗篇时微红的嘴唇。父亲打了我的时候，我就在祖父的房里，一直面向着窗子，从黄昏到深夜。

祖父时时把多纹的两手放在我的肩上，同后放在我的头上，我的耳边便响着这样的声音："快快长吧！长大就好了。

二十岁那年，我就逃出了父亲的家庭。直到现在还是过着流浪的生活。长大是"长大"了，而没有"好"。

可是从祖父那里，知道了人生除掉了冰冷和憎恶外，还有温暖和爱。所以我就向这"温暖"和"爱"的方面，怀着永久的憧憬和追求。

2. 阅读《呼兰河传》第一章中的一段话，感受一下 20 世纪 30 年代初期呼兰河小城的人们的精神状态。

生、老、病、死，都没有什么表示。生了就任其自然的长去；长大就长大，长不大也就算了。

老，老了也没有什么关系。眼花了，就不看；耳聋了，就不听；牙掉了，就整吞；走不动了，就瘫着。这有什么办法，谁老谁活该。

病，人吃五谷杂粮，谁不生病呢？

死，这回可是悲哀的事情了，父亲死了儿子哭；儿子死了母亲哭；哥哥死了一家全哭；嫂子死了，她的娘家人来哭。

哭了一朝或是三日，就总得到城外去，挖一个坑把这人埋起来。埋了之后，那活着的仍旧得回家照旧地过着日子。……

【赏析阅读】

1. 童年的记忆与寂寞的心情

熟悉萧红短短 31 年人生的都知道，她从小生活在一个地主家庭。幼年的萧红就受到性格贪婪和暴躁的父亲的歧视，母亲也对她冷漠不喜欢，连她的祖母也因为怕淘气的"我"一直捅破窗户纸而用针扎她，唯一留给她

"永久憧憬和追求"的是她的祖父。长大后，为了逃避包办婚姻，她逃离了家庭，却又被骗，甚至怀孕。在时局的动荡中，萧红从哈尔滨到青岛，又从青岛到上海，以至于到日本。抗战爆发后，又先后到武汉、临汾、西安、重庆，最后去了香港。期间，与患难中结成的伴侣萧军分手，又经历了婚姻的失败。虽然有端木蕻良的陪伴却又并不幸福。动荡的时局，颠沛流离的生活，多病的身体，并不满意的婚姻，孤苦寂寞的心情……孤身海外的萧红把写作当作唯一可以寄托和倾诉的方式。《呼兰河传》就是在这样的背景下完成的。

作为政治素人的萧红，相对比较远离抗战生活，在创作题材选择上就比较偏向自我或她比较熟悉的内容。我们通读《呼兰河传》可知，无论是呼兰河小城的风景风物，还是生活在呼兰河小城的各色各样的人物，愚昧也好，善良也罢，都是那么的栩栩如生，个性鲜明，让人印象深刻，而且都是深藏在她内心的早年的记忆。回忆是美好的，即便觉得有点苦涩，也或多或少会带来幸福的感觉。但现实是骨感的，身处海外的萧红的内心是寂寞的，孤独的。她在《呼兰河传》结尾写到，"呼兰河这小城里边，以前住着我的祖父，现在埋着我祖父。……从前那后花园的主人，而今不见了。老主人死了，小主人逃荒去了。……我所写的并没有什么优美的故事，只因他们充满我幼年的记忆，忘却不了，难以忘却。"萧红在家庭里生活了二十年，陪伴她成长的有父亲、母亲，祖母、祖父，还有那些亲戚、佣人等等，但她在《呼兰河传》的结尾一直惦记着的是祖父，还有后花园的一草一木和那些地位低下却勤劳善良的佣人们。"从前那后花园的主人，而今不见了。老主人死了，小主人逃荒去了。"记忆越清晰，作者的内心越孤独寂寞，这份寂寞和孤独里可能还有一丝丝失落。

2．碎片化情节与拼盘式结构

《呼兰河传》没有完整连贯的情节，以至于有人质疑它是不是真正意义上的小说。其实，换一种思维和角度，这恰恰是《呼兰河传》的独特之处。就像生活中我们享受一桌丰盛精美的大餐，有的人喜欢一边上菜一边品味，有的人喜欢一下子全摆出来一饱眼福，虽各有喜好，但前者更令人期待。《呼兰河传》就是这样的作品。本文所选的是《呼兰河传》第三章，共有九个小节。她先端给我们的是一盘"院子后面的大花园"。这园里有蜂子、蝴蝶、蜻蜓、蚂蚱，有樱桃树、大榆树，还有祖父和"我"，是"我"童年夏季的乐园。冬天来了，花园关闭了，"我"干什么呢？萧红又给我们端上了一盘"储藏室"的菜肴。那多年无人问津的储藏室，对于"我"来说，简直就是"百宝箱"，所有的东西都经"我"的手被翻检出来，都让"我"玩了遍。除了挨骂外，还给祖母、祖父带来了许多对于亲人的回忆。紧接着，作者给我们端上了"童年玩伴""背古诗""讲古诗""有二伯""冯歪嘴子"等菜肴，让我们一个一个品尝品味，真正享受了一桌"我的家庭"的大餐。其实，《呼兰河传》整部作品也是这样的结构，萧红就像一个饭店的服务员，一盘又一盘，从呼兰河小城的四季到呼兰河小城的人物风情风俗，再到"我"的家庭，再到与"我"的家庭有关的人物和故事，不断地端上来，组成了一个"呼兰河小城"丰富的盛宴。这种碎片化情节可以相对独立地成为一个故事，而拼盘式结构又使这些相对独立的故事组成了一个更加丰富更加精美的文学佳肴，可谓独特又别致。

3．独特的环境与诗化的语言

《呼兰河传》作为小说给我们呈现了独特的自然环境和社会环境。这个位于东北北部的农村小镇，不仅有冬天的"严寒"，还有美丽的晚霞"火烧云"；在只有东西两条街组成的呼兰河小城的十字街上，不仅有金银首饰店、布庄、油盐店、茶庄、药店，还有拔牙的洋医生。街道上是灰秃秃的，若有车马走过，则烟尘滚滚，下了雨满地是泥。路上的大泥坑没有人修，反而都在看笑话，说风凉话，成为茶余饭后消遣的谈资。呼兰河人还有跳大绳、唱秧歌、放河灯、看野台子戏、赶四月十八娘娘庙会的许多讲究。只是"这些盛举，都是为鬼而做的，并非为人而做的。至于人去看戏、逛庙，也不过是揩油借光的意思。"这就是对 20 世纪初期东北农村，宁静、落后、原生态的真实写照。

《呼兰河传》让人喜欢的另一个理由就是其诗化的语言。读《呼兰河传》就像读一篇散文诗，语言优美、亲切。她像一个讲述者，语言口语化，女性化，多用短句子，多用描述性句子。初读的人会觉得她絮絮叨叨，很容易被忽略。但如果细细读进去，就会觉得她的行文与文中景况高度吻合，与文中角色身份高度一致。萧红小说行文简洁，不雕琢，自然得像诗一样，这是她成功的关键。在本文中，萧红重点着笔的是"我"与祖父在后花园的时光，在这里，调皮的"我"跟着祖父，祖父戴一个大草帽，"我"就戴一个小草帽；"祖父栽花，我就栽花；祖父拔草，我就拔草""祖父铲地，我就铲地"。祖父教"我"念诗，"我"非要把"几度呼童扫不开"读成"西沥忽通扫不开"。如此等等，就像她给对面的你讲述一样，娓娓动听，余味悠长。而最能触动我们内心的是萧红对祖父的怀念，对亲人的怀念。

《呼兰河传》就是以其独特的视角，生花的妙笔，描绘了 20 世纪初期北方呼兰河小镇的风貌。茅盾先生曾称赞它是"一篇叙事诗，一幅多彩的风土画，一串凄婉的歌谣"。

【拓展阅读】

1. 请完整阅读萧红的《呼兰河传》，感受萧红小说自传性的特色；阅读萧红的小说《马伯乐》，体会一下"讽刺性"特色。

2. 萧红是在鲁迅先生的关心下成长起来的，请读一读萧红的散文《回忆鲁迅先生》，感受两人纯洁的深厚情谊。

（王宪文）

赵树理《小二黑结婚》阅读指导

【阅读目标】

1. 了解赵树理的生平和创作情况。
2. 了解毛泽东《在延安文艺座谈会上的讲话》的主要精神，以及对文学创作的影响和意义。
3. 体会《小二黑结婚》的创作特色和人物形象的典型意义。

【基础阅读】

1943 年，赵树理调到北方局党校政策研究室工作。他在左权县听到一个真实的故事，民兵队长岳冬至和智英贤搞恋爱，结果被几个把持村政权的坏人以搞腐化的罪名迫害致死。岳冬至死后，智英贤也被继母卖给一个四十多岁的男人。县政府经过三番五次侦查问讯，案情终于大白，依法惩办了凶手。虽然案子解决了，赵树理却意识到这一悲剧的根源是当时新旧势力的激烈斗争。为了宣传新的婚姻制度，也为了解决包办婚姻这一普遍存在的社会问题，他以岳冬至案件为原型，以通俗小说的形式旗帜鲜明地肯定赞扬自由恋爱，为达到提高人民群众的思想觉悟、打击封建势力的目的，创作了《小二黑结婚》。

《小二黑结婚》用小题目分成十二小节，一目了然，情节完整。根据故事情节大致分成四个部分。第一部分包括一到五节，主要交代了小说的主要人物和故事起因，交代了二诸葛、三仙姑、小二黑、小芹和金旺兄弟等主要人物，以及这些人物之间的矛盾，为下文情节的发展做了铺垫。第二部分包括六到七节，是故事的发展阶段。主要写小二黑和小芹的恋爱和金旺兴旺兄弟对他们自由恋爱的干涉和破坏，甚至萌生了暗算小二黑和小芹的罪恶念头。第三部分包括八到九节，小二黑、小芹与金旺兄弟的矛盾完全爆发，双方形成正面冲突，达到了矛盾的最高潮。第四部分包括十到十二节，是故事的结局。在人民政府的保护和支持下，小二黑和小芹取得了自由婚姻的胜利，作恶的金旺兄弟被判刑，二诸葛和三仙姑受到批评教育，在思想上和行为上有了新的变化，大团圆喜剧结尾。

【深度阅读】

1942 年 5 月，在延安整风运动期间，毛泽东主席发表了著名的《在延安文艺座谈会上的讲话》，成为文艺工作者进行文艺创作的指导思想和理论来源。毛主席指出，文艺是团结人民、教育人民、打击敌人、消灭敌人的有力的武器，要帮助人民同心同德地和敌人作斗争。文艺要暴露敌人的残暴和欺骗，指出敌人必然要失败的趋势，鼓励抗日军民同心同德，坚决地打倒敌人。我们的文艺是为工人，为农民，为武装起来了的工人农民即八路军、新四军和其他人民武装队伍，为城市小资产阶级劳动群众和知识分子的，即文艺是为人民大众的。毛主席的讲话，解决了文艺的任务、目的、对象、要求等关键问题，推动了文艺创作，产生了一批有影响力的、民族的、大众化的文艺作品。赵树理的《小二黑结婚》就是典型代表作品。

1950—1960 年代，以赵树理为代表的山西作家，包括马烽、西戎、李束为、孙谦、胡正等，创作了《饲养员赵大叔》《三年早知道》，《宋老大进城》《老长工》《伤疤的故事》《两个巧媳妇》等小说，这些小说都取材于农村，充满山西的乡音土调，被文艺界称为"火花派"或"山西派"，有人称"山药蛋派"。山药蛋，学名马铃薯，是太行、吕梁山区普遍种植的粮食作物，外形有大有小，很不规则，但却营养丰富，甚至可以作为人们的主食，深得山西人民的喜爱。用山药蛋形容这批人物的文学作品，意在强调作品的地方特色。请阅读《小二黑结婚》，从取材、故事内容、表达方式等方面，思考哪些地方能体现这个特色？

【赏析阅读】

1. 新生活，新主题

小说以抗战时期太行山区根据地发生的事件为原型，根据斗争生活需要，对事件进行处理，将原来的悲剧故事变成了喜剧结局，反映抗日根据地人民在共产党的领导下，与守旧的封建势力进行斗争，并取得胜利的故事，反动势力被镇压，落后的人受到了教育，先进的人获得肯定和赞美。小二黑与小芹自由恋爱的胜利，是进步战胜落后，觉醒农民战胜封建恶霸的胜利，为新生活、新社会、新政权谱写了一曲热情的赞歌。

2. 新人物，新典型

《小二黑结婚》塑造和刻画了三类人物和典型。

第一类是以小二黑、小芹为代表的农村新青年典型。小二黑向往革命，积极参加抗日斗争，是民兵英雄，在一次反"扫荡"中打死过两个敌人，获得过"特等射手"称号。他思想觉悟高，相信人民政权，敢于斗争；他主张婚姻自主，不要父母给他定的童养媳，而是与喜欢的小芹自由恋爱，在受到金旺等恶势力的迫害时，他相信民主政权，并最终取得了胜利。于小芹也是主张婚姻自主，自由恋爱，同样也反对家里把她许给一个退职的军官当填房，勇敢地与金旺兄弟斗争，义正词严，理直气壮，令人喜爱，是几千年来封建压迫和封建礼教束缚下的中国妇女获得解放的典型，具有重要的意义。

第二类是以二诸葛、三仙姑为代表的落后农民典型。二诸葛、三仙姑两个人都有一个共同的特点，就是比较迷信，装神弄鬼。二诸葛喜欢掐算，遇事总爱看个黄历，于是就有了有名的"不宜栽种""命相不对""恩典恩典"等笑话。三仙姑对自己的婚姻不满意，偶然的机会，让她学会了装神弄鬼，招摇撞骗，养成了好吃懒做的习性，留下了"米烂了"的典故。两个人在孩子们的婚姻观上出奇的一致，都以家长自居，一个是说属相不合硬要阻止儿子自由恋爱，一个是贪图人家钱财而牺牲女儿幸福。但是，一旦他们觉醒，也会自我改造，重新做人。

第三类是以金旺兄弟为代表的乡村恶势力典型。他们依靠封建势力，坏事做尽，帮虎吃食；投机取巧，混入革命队伍，横行乡里，欺压百姓，是革命的对象，是恶势力的代表。

3. 大众化，口语化

《小二黑结婚》语言质朴、明白，通俗、易懂，较为大众化和口语化。一方面表现了原汁原味的晋东南民俗和风情，从丰富的民间语言、婚恋习俗、民间文艺表现手法中汲取营养，表现人物。如"三仙姑""二诸葛"的外号，三仙姑的脸蛋像"下了霜的驴粪蛋"，小芹的"捉贼要脏，捉奸要双"以及"插起招军旗，就是吃粮人"的地方俗语，"老来俏""顶门上的头发脱光了"的口语化语言，这些都具有浓重的地方色彩和淳朴的乡土风味，既通俗易懂，又幽默有趣，富有丰富的表现力。

另一方面，采用传统文化中的评书表达方式，吸收了说书人口中有生命力的语言，提炼为群众喜闻乐见的文学语言，增强小说的故事性，使得情节简单而曲折，成为人民喜闻乐见的好作品。

【拓展阅读】

1．请借来赵树理的《李有才板话》《三里湾》等作品读一读，加深对赵树理作品特点的理解。

2．有条件的话，可以看看秧歌剧《小二黑结婚》，体会作品和人物的主题和形象。

3．汪曾祺写过两篇散文回忆赵树理，一篇是 1990 年写的《赵树理同志二三事》，一篇是 1997 年写的《才子赵树理》。请查阅这两篇文章，帮助自己进一步了解赵树理其人。

（常爱峰、王宪文）

孙犁《荷花淀》阅读指导

【阅读目标】

1. 了解孙犁的生平和创作情况。
2. 了解《荷花淀》的主要内容和人物形象。
3. 理解孙犁小说诗化的特点。

【基础阅读】

孙犁（1913—2002），原名孙树勋，河北安平人，中国现当代作家。著有《风云初记》《铁木前传》《白洋淀纪事》等，《荷花淀》是他的代表作品。

《荷花淀》创作于1945年，写的是抗日战争最后阶段的冀中人民的斗争生活。抗日战争爆发后，孙犁积极投入抗战，特别是参加了白洋淀青年组织的雁翎队，这些经历为他创作《荷花淀》奠定了生活基础。故事讲述了女主人公水生嫂从一个传统、善良的农村家庭妇女，理解支持丈夫参军抗日，到组织妇女投身抗日，保家卫国的成长过程，表现了农村妇女既温柔多情，又坚贞勇敢的性格和精神。

【深度阅读】

《荷花淀》取材于白洋淀人民抗战的故事，描绘了以主人公水生和水生嫂为代表的白洋淀农民投身抗日前线，保家卫国，茁壮成长的战斗历程。全文大致可分为四个部分。第一部分从开头到"全庄的男女老少也送他出来，水生对大家笑一笑，上船走了"。主要是故事的开始，写夫妻话别，水生参军投身抗日队伍。第二部分从"女人们到底有些藕断丝连"到"就在她们的耳边响起一排枪声！"是故事的发展，写妇女们结伴探夫，遭遇敌情。第三部分从"整个荷花淀全震荡起来"到"不久就消失在中午水面上的烟波里"，是故事的高潮，写妇女们帮助丈夫们歼灭敌人。第四部分从"几个青年妇女划着她们的小船赶紧回家"到结尾，写妇女们向丈夫们学习，参加了抗敌斗争，拿起枪杆子，保家卫国。

【赏析阅读】

1. 细致入微的人物刻画

小说善于通过对话、动作和典型的生活细节细致入微地表现人物的内心世界，生动逼真地刻画人物性格。如女主人公水生嫂得知丈夫要去前线打击日寇时，正在编织苇席的水生嫂手指划破、鼻子发酸，几个字就把水生嫂的内心活动表现得淋漓尽致；她为丈夫打点包裹等细节描写，真实地展示了她把对丈夫的依恋与离别的感伤转化为对丈夫赴前线抗战的理解和支持的心理过程，表现了水生嫂识大体、顾大局的性格特点。再如，水生们走后，一群妇女们特别牵挂丈夫们的安全，但又不好意思直白地说出口，于是，有的说"忘下了一件衣裳"，有的说"有句要紧的话得和他说说"，有的说"我本来不想去，可是俺婆婆非叫我再去看看他，有什么看头啊！"本是几句平常话，但却含蓄委婉地描写出妇女们对丈夫的内心柔情、思念和担忧，可谓传神之笔。

2. 情景交融的环境描写

小说在叙述的同时，还注意交代和描写白洋淀的环境和美丽景色。开头部分，月明如洗，水生嫂一边编苇席一边等待丈夫归来，她娴熟编织的技艺让她片刻就编成一大片，"像坐在一片洁白的雪地上，也像坐在一片洁白的云彩上"，充满了生活气息和柔情蜜意。关于白洋淀席子的介绍就像一则广告，有声有色有画面，有情有义有风景。再如，妇女们遇敌后赶快躲进荷花淀，作者写道："那一望无边际的密密层层的大荷叶，迎着阳光舒展开，就像铜墙铁壁一样。粉色荷花箭高高地挺出来，是监视白洋淀的哨兵吧！"既是写景，又是比喻，把白洋淀妇女坚强不屈，保家卫国的精神面貌也表现得形象逼真，情与景交融，意境优美，富有诗情画意，烘托了人物的性格和特征。

3. 朴实流畅的语言表达

全篇融小说、散文、诗歌的特点为一体，语言朴素无华，真实自然，形成了一种特有的清新隽永的散文诗式的独特风格。除了前面提到的月夜编席情节外，"夫妻话别"没有华丽的辞藻，也没有矫揉造作的表演，只有质朴无华而感情真挚的语言，这一切自然和谐地相互映衬，恰如其分地描绘出当时的环境和人物思想的特点。妇女们探望丈夫前的对话，也真实地表露出农村妇女们既牵挂丈夫又有点羞涩的心理活动，语言含蓄，朴实真挚，特别能打动人。

【拓展阅读】

1．孙犁的小说风格被称为"白洋淀派"，请查阅有关资料，了解"白洋淀派"的有关内容，用 500 字介绍一下该派的基本情况。

2．阅读刘绍棠、从维熙等人的作品，并与孙犁的《荷花淀》进行比较，思考他们的创作有哪些共同特点。

（王宪文）

周立波《暴风骤雨》阅读指导

【阅读目标】

1. 了解周立波生平及《暴风骤雨》创作时代背景。
2. 了解《暴风骤雨》故事梗概与重点章节内容。
3. 体会和感悟《暴风骤雨》主题思想和人物性格形象。

【基础阅读】

　　周立波（1908—1979），原名周绍仪，笔名立波，湖南省益阳人。1934年参加中国左翼作家联盟，同时加入中国共产党，积极投入党领导的革命文学活动。1937 年抗日战争爆发，奔赴抗日前线，在八路军前线和晋察冀边区参加抗战工作。1946 年到东北松花江省（现黑龙江省）尚志市参加土地改革，访贫问苦，反复体验生活，开始构思创作《暴风骤雨》，1947 年 10月和 1948 年 12 月，他先后完成了《暴风骤雨》上、下卷的创作。1951 年《暴风骤雨》获斯大林文学奖金三等奖。

　　抗战胜利后，农民赖以生存的土地还在少数地主阶级手中，为了保卫胜利果实，实现耕者有其田，住者有其屋的目标，中共中央于 1946 年 5月 4 日发布《关于土地问题的指示》和《关于清算减租及土地问题的指示》，将减租减息的政策改为没收地主土地分配给农民，历史上称为"五四指示"。《五四指示》揭开了解放区土地立法的序幕，为土地革命指明了方向。1947年 9 月 13 日中共中央又颁布《中国土地法大纲》，成为中国土地革命的纲领性文件和工作指南。《暴风骤雨》就是周立波随军转战到东北，参加了东北解放区的土地改革斗争，深入一线体验土改生活和情况写成的反映这个时期东北地区土地改革的文学作品。

【深度阅读】

　　《暴风骤雨》以东北地区一个名叫元茂屯的村子进行土地改革为背景，

再现了 1946 年到 1947 年共产党领导东北地区土地改革的全过程。这场土地改革分为两个阶段，第一阶段是 1946 年，东北刚刚解放，农民长期遭受地主阶级剥削压迫，逆来顺受，对共产党土地改革政策不了解，加之地主阶级的恶意宣传和舆论引导，工作队又未能有效地发动群众，土改进行得不彻底，导致地主阶级反攻倒算，农民遭受打击和迫害，农民觉醒代表赵玉林牺牲。第二阶段 1947 年，土改工作队重新进驻元茂屯，重新夺回被坏人篡夺了的农会大权，进一步发起"砍挖运动"，不仅斗争恶霸地主韩老六，还包括吃斋念佛、"修来世"不离口的杜善人和舍命不舍财而又胆小的唐抓子之类爪牙。农民真正被发动起来，镇压了地主阶级，保卫了新生政权和农民的利益，农民真正做了土地的主人。

周立波在谈到这部小说的创作动机时说，他是"想借着东北土地改革的生动丰富的材料，来表现我党二十多年来领导人民反帝、反封建的雄伟而艰苦的斗争，和当代农民的苦乐与悲喜，以教育和鼓舞广大的革命群众"。小说以恢宏的气势绘制了中国农村彻底推翻几千年来的封建统治这一伟大变革的历史画卷，满腔热情地歌颂了中国农民在共产党领导下冲决封建罗网，朝着解放大道迅跑的革命精神。

小说第二部第 24 章，人们习惯称其为"分马"，反映的是翻身的农民对地主进行清算以后，分配牲口的故事，请仔细阅读和体会人物形象和主题思想。

【赏析阅读】

1. 史诗式作品

《暴风骤雨》着眼于抗日战争胜利后，党中央和毛泽东同志要求放手发动群众，壮大革命力量的大背景，以东北的土地革命运动为题材，选取尚志县元茂屯土地革命作为表现对象，再现了共产党领导农民开展土地革命斗争的艰难历程和光辉业绩，真实地再现了土改运动这场你死我活的斗争，生动地描绘了农村各阶级阶层的人们在这场斗争中的思想、情绪、心理和动态，深刻地揭示了这场斗争的艰巨性和复杂性，形象地表明了只有用党的方针政策武装广大农民群众的头脑，把党的方针政策化为群众的自觉行动，掀起群众运动的暴风骤雨，才能胜利地完成这场具有伟大历史意义的社会变革的真理，这是一部史诗式的文学作品。

2. 典型的人物

《暴风骤雨》反映的是共产党领导下的农村土地革命，表现的是农民和地主阶级的斗争，因此，人物塑造主要分为两类，一类是土改工作队员和农民，另一类是地主阶级代表人物。前者以工作队队长萧祥，农民赵玉林，郭全海等为代表，地主阶级以地主韩老六等为代表。

萧祥，是党的土地政策的体现者和执行者，是一个久经磨炼的、思想和作风都比较成熟、具有党员领导者风度的人。他积极宣传党的土地政策和指示，坚持用马克思主义群众观点，联系群众，发动群众，引导群众积极投身到革命建设中，政治上启蒙群众的进步思想，生活中与群众血浓于水，情同手足，给予农民无微不至的关怀。

赵玉林和郭全海，是旧社会受压迫的对象典型。他们对地主和敌人苦大仇深，革命愿望最强烈。赵玉林在旧社会饱受地主阶级和日本帝国主义的双重压迫，尽管他拼命给地主扛活，还是得不到最低限度的温饱，蹲过监狱，当过劳工，母亲和小女儿被饿死，妻子去讨饭，一家三口光着腚，被人称为"赵光腚"，这一个外号就足以显示赵玉林悲惨的生活。正因为如此，当共产党领导的政权实行土地革命的时候，他的反应最积极，愿望最强烈，行动最坚决。郭全海有着与赵玉林相似的经历，母亲早死，父亲被韩老六折磨死，13 岁就当了韩老六的长工，"父子两代的血海深仇"成为他积极支持和参加革命的阶级基础和思想基础。赵玉林和郭全海作为农民的代表，都具有勇敢、正直、重义轻利、大公无私、遇事首先替别人着想的高贵品质。赵玉林积极参加打垮地主、分地等工作，为了村里的事连自己家里的活都顾不上，最后在攻打元茂屯土匪的战斗中壮烈牺牲。郭全海在赵玉林牺牲的激励下，积极投身土改，为了保卫土改成果，义无反顾地参军，表现出对革命事业的无限忠诚品质。

3. 生动形象的语言

《暴风骤雨》注意把人物放在剧烈的矛盾冲突和斗争中，通过人物的语言和行动，选取典型事件来展示人物性格。《暴风骤雨》是周立波"想用农民语言来写的"一种尝试。小说较多地吸收和提炼了东北农民群众的、表现力强的语言，不仅朴实、自然、亲切，而且富有地方色彩和生活气息，体现了作者对大众风格的追求。比如，家里穷得没有饭吃说"锅盖总是长在锅沿上"，穷人家里没有地说"我家开门就是人家的地方"，生气或开玩笑骂人会婉转、幽默地说"你多咱搬家？谷雨搬家？"说知识分子腔是"那家伙老是守着娘娘庙"。简练，风趣，很有东北地方特色。

4．多种描写手法

《暴风骤雨》第 24 章，主要写农民分牲口，也叫"分马"。作者并没有去静态地刻画老孙头的心理，而是用人物语言、行动和心理描写相结合的手法来表现老孙头的内心矛盾：当喊到他的名字时，"他大步流星地迈过去，把它牵上"，翻身骑上儿马的光背，并对这匹马赞不绝口，分得马后的喜悦心情表现得惟妙惟肖。马把他从背上摔倒在地，嚷着要揍马一顿，棒子抡在半空，结果却扔在地上，老孙头对马的珍爱溢于言表。在"换马"中，他嘴上说同意跟老王太太换马，实际上又怕自己的马真被换去，便说别人的马如何如何好，自己的马怎样怎样不好，并且赶紧"翻身骑上他这'玻璃眼'，双手紧紧揪住它的鬃毛，一面赶它跑一面说'你不要吧，我骑走了'，说罢，头也不回地跑了。"有语言，有行动，也有心理活动，形象生动地表现了老孙头作为一个农民的两面性格。

【拓展阅读】

1．阅读全本《暴风骤雨》，认真体会小说的主题，感受小说的人物形象和语言特色。

2．通过网络收看电影《暴风骤雨》，感受文学作品与影视作品的不同效果。

3．同一时期，作家丁玲创作有土改题材小说《太阳照在桑干河上》，借来读读，做一比较，写一篇 1000 字左右的比较性小论文。

（王宪文）

第二编 诗 歌

诗歌的阅读与赏析

现代诗歌是在继承古代诗歌优秀传统和借鉴西方诗歌表达方式的基础上，运用白话文写成的新诗体，具有情感强烈，语言自由舒放，内容高度概括，富于想象性和音乐的韵律美等特点，常常用意象创造意境来表达情感，反映社会生活。所谓意象，通俗地讲就是作者在诗歌中所描写的寄寓了作者主观情感的事物或景物。意象通过叠加和组合便形成意境。

学习诗歌要学会联想和想象。许多意象经过长期文化积淀已经有比较稳定的意象意义。如以"春"喻"青春"，以流水喻无情，丁香象征高洁、忧郁，月亮比喻故乡等。学习诗歌要进行诵读。只有通过诵读和美读，才能真正融入诗歌的意境中，才能有身临其境，感同身受的情感体验，才能同作者一起或喜悦或悲伤，或同声高歌或浅吟低唱，才能真切地感受作者创造的无穷艺术魅力。学习诗歌要学习和体会诗歌的语言。诗歌的语言最富有情感，往往注意音韵的抑扬顿挫，升降曲折变化，给人回环往复，缠绵悱恻的感受，富于节奏变化。学习诗歌还要注意诗歌流派和时代社会对诗歌创作的影响。中国现代诗歌发展史上，曾出现过许多流派，如现代派、新月派、象征派等，它们各有各的主张和特色，也不同程度上体现在作者的诗歌创作中。学习诗歌还要注意作者常用一些比喻、排比、夸张、复沓、象征、意识流等表现手法和修辞手法，增加诗歌的感染力和表现力。

当然，学习诗歌更重要的是要朗读和吟诵，在诵读中感悟和体验诗歌和作者表达的情感，并和作者发生共鸣，从而使自身内心受到熏陶和感染，获得身心愉悦。

（王宪文）

郭沫若《凤凰涅槃》阅读指导

【阅读目标】

1. 了解郭沫若诗集《女神》的创作背景。
2. 深刻理解《凤凰涅槃》所传达的思想内容和主题。
3. 深刻理解《凤凰涅槃》浪漫主义的艺术特色。

【基础阅读】

1921 年 8 月，上海泰东图书局出版了郭沫若的第一部诗集《女神》,《凤凰涅槃》是《女神》的代表作之一，是一首庄严的时代颂歌。

《凤凰涅槃》取材于阿拉伯神鸟"菲尼克司"（英文 phoenix 的音译）和我国有关凤凰的神话，郭沫若将其取舍糅合之后发挥想象创造出了一个充满象征意义的凤凰形象。作品借"集香木自焚，复从死灰中更生"的凤凰象征了古老的中华民族，寄予了诗人毁灭腐朽并在毁灭中创新的思想，是五四时代精神的代表。涅槃是佛教用语，指宗教修行熄灭生死轮回之后达到的最高境界，本诗中的涅槃则象征着古老的中华民族的死后再生。

【深度阅读】

《凤凰涅槃》是民族觉醒的诗的宣言。全诗共六章，第一章"序曲"，诗人向我们展示了凤凰自焚前所做的准备和凤凰自焚前的恶劣环境，凤凰生活的山河"浩茫""阴莽""寒风凛冽，醴泉干涸，万物枯槁"，凤凰在"火光熊熊，香气弥漫"之中，"低昂""悲壮"地"起舞""歌唱"，准备经受一次"死"而后生的严峻考验。代表着五四运动以前的中华民族，长期遭受封建主义和帝国主义的统治和欺辱，在屈辱中缓慢地前行着，只有经过一场轰轰烈烈的革命烈火的洗礼，才能重现光辉。

第二章"凤歌"和第三章"凰歌"诗人运用第一人称的叙写方式让凤和凰的独白得到了充分的展示。"凤歌"怀着粗犷、悲壮、凌厉的愤激去反对命运的诅咒。"凰歌"真切、细腻、低抑，并充分运用比喻构建了一系列艺术形象，从这些形象中我们知道，人们生活在那样一个黑暗腐朽的旧中国，一切的应有价值都失去了意义，烧毁旧我、旧中国，创造新我、新中国已经刻不容缓。

第四章"凤凰同歌"简短有力，表现了凤凰与一切的旧我分手的果敢坚决的勇气。

第五章"群鸟歌"勾勒了专横、狡猾、黩武的"群鸟"幸灾乐祸的卑劣心理和思想。"群鸟"们只看到了凤凰的"死"，它们的认知看不到也不知道火中新生的凤凰比以前更加华美。这让它们对凤凰的嘲笑显得滑稽可笑。

第六章"凤凰更生歌"是全诗的高潮，烈火中更生的"凤凰"比以前更为华美，它们尽情地"翱翔"和"欢唱"，全诗在凤凰欢唱高歌的景象中结束。

【赏析阅读】

《凤凰涅槃》诞生于五四运动反帝、反封建的高潮中。全诗洋溢着对革命的炽烈追求，诗人以一颗火热的心，热烈期盼中华民族的解放和新生。诗人强烈地点出"五四"时代那种狂飙突进的时代精神，即彻底埋葬旧社会、不妥协地反帝反封建的精神。诗人在诗体形式上采取了极度自由体的形式，实现了新诗诗体的大解放。在修辞方面大量使用反问、排比等修辞手法来彰显诗人的激情和诗歌的气势，增强了抒情效果，表现出显著的浪漫主义特色。

一是神话传说的运用。中国传统文学中的凤凰形象和阿拉伯故事中菲尼克司自焚更生的故事经诗人的妙笔融为一炉。

二是夸张的语言与丰富的想象。夸张的语言表达了诗人对黑暗的旧社会无尽的愤怒和诅咒。如"宇宙啊，宇宙，我要努力地把你诅咒：你脓血污秽着的屠场呀！你悲哀充塞着的囚牢呀！你群鬼叫号着的坟墓呀！你群魔跳梁着的地狱呀！"诗人越是诅咒黑暗，内心越是向往光明。本诗中除去题材来源的神话色彩外，对凤凰自焚前的准备和自焚前生存环境和更生后场景的描写皆是诗人运用奇特的想象展开的描写,甚至"群鸟歌"中群鸟们对凤凰自焚的无知评说都展现得栩栩如生。

三是澎湃的激情,壮美雄丽的浪漫主义艺术风格。诗人以充沛的激情,向旧社会发起猛烈的冲击,力量如火山爆发,亦如生的颤动,灵的喊叫。凤凰新生前对旧中国悲痛控诉,更生后对新中国热情歌唱,有力地表现出诗人强烈的爱憎与变革的理想,形成了一种壮丽雄美的艺术风格。

【拓展阅读】

1. 阅读《沫若自传》和人物传记纪录片《百年巨匠——郭沫若》,进一步了解郭沫若的生平和创作情况。

2. 有感情地诵读《女神》。

(田晓云、罗素峰)

徐志摩《再别康桥》阅读指导

【阅读目标】

1．了解徐志摩生平和《再别康桥》的创作背景。
2．通过诗中意象特点，品味本诗深沉的情感。
3．感受本诗的"音乐美、建筑美、绘画美"的三美特色。

【基础阅读】

徐志摩（1897—1931），现代诗人，散文家，是新月派代表人物，新月诗社的成员，代表作品有《再别康桥》《偶然》等。

康桥，现在一般译为"剑桥"，是英国英格兰的一个城市，也是英国剑桥大学所在地。1921—1922 年徐志摩在剑桥大学留学，回国后写有《康桥再会吧》。1925 年 4 月，徐志摩再次重游剑桥大学，归国后写有散文《我所知道的康桥》。1928 年 7 月底的一个夏天，徐志摩在英国哲学家罗素家中逗留，一个人悄悄来到康桥，曾经的生活图景又一幕幕地展现在他的眼前，但当时时间紧张，并未将感受写下，直到乘船回国途中，面对辽阔的天空和汹涌的大海，才写下《再别康桥》，诗歌初载于 1928 年 12 月 10 日《新月》月刊第 1 卷第 10 号。

【深度阅读】

《再别康桥》全诗共七节。诗的第一节，总写徐志摩对康桥的留恋和依依惜别之情。用"轻轻的"起首，显得节奏轻快，韵律和谐，既抒发了诗人对康桥恋恋不舍的淡淡愁绪，又为全诗定下了"哀而不伤"的基调。第二节至第四节，直接写康桥的迷人景色。具体写了"金柳""青荇""榆荫下的一潭"，诗人留恋着这一切。第五节，抒情进入高潮。他要"漫溯"，他要"放歌"。第六节，诗人的情绪陡然逆转，有些落寞。笙箫也"悄悄"了，夏虫也"沉默"了。第七节，在一片沉寂的静夜中，诗人只得怀着一份深深的眷恋，感喟着"不带走一片云彩"，在极度痛苦的时刻，他依然潇洒，"悄悄的"离别了。

本诗中，诗人选取了云彩、金柳、夕阳、青荇、柔波、清潭、青草、星辉、夏虫等等意象来表现情感。这些意象都是生活中常见的事物，但诗人赋予了这些寻常意象以更多新鲜而独特的感受。

新月诗派诗歌"三美"主张最初是由闻一多先生在他的《诗的格律》一文中提出的，即音乐美、绘画美、建筑美。音乐美强调"有音尺、有平仄、有韵脚"；绘画美强调在词语运用上"秾丽、鲜明，有色彩感"，每一句诗形成一个独立存在的画面；建筑美强调节的"匀称"，句的"均齐"，要求诗的内容和格式上都拥有美。徐志摩的《再别康桥》就充分体现了新月派"三美"的创作特色。

诗中除首尾句反复咏叹，加强了节奏感外，还用了如"悄悄""轻轻"等叠音词，再加上随情感变化而在韵式上采用的二、四押韵，音步的安排也很有节奏感，使整首诗抑扬顿挫、朗朗上口，给人一种独特的音乐审美快感。全诗抓住"云彩""金柳""清荇""清潭""撑篙""夏虫"等几个意象景物，分别描绘了"招手作别云彩图""河畔金柳倒影图""清荇水底招摇图""愉荫浮藻清潭图""撑篙慢溯寻梦图""夜晚夏虫沉默图""挥手惜别云彩图"等画面，加之诗人使用了色彩较为绚丽的词语，给人带来视觉上美的享受，特别是一些动作性很强的词语的运用，使每一幅画面都给人以流动的感觉。全诗建筑美体现在节的匀称和句的整齐上，全诗共七节，每节两句，单行和双行错开一格排列，无论从排列上，还是从字数上，都整齐划一，给人以形式上的建筑美感。

【赏析阅读】

1. 情景交融情为主体的意境创造

《再别康桥》可以看作现代诗歌意境美的典范之作。作者将自己对母校多年的感情浓缩在精练的诗句中，融入到富有个性色彩的意象和想象中，营造了一个色彩鲜明、线条清晰、匀称柔和的美好境界。整首诗融情于景，烘托出一种梦幻般的惆怅,那句"悄悄的我走了,正如我悄悄的来;我挥一挥衣袖,不带走一片云彩"成为流传千古的名句。从整首诗看,诗人写惜别,却没有用一个"惜别"的词,他将自己全部的眷恋和感伤融于康桥的景象之中。诗中之景处处熔铸着诗人无限的柔情,表现出诗人的柔和、飘逸与缠绵。

2. 鲜明而富有个性特征的意象塑造

诗人很善于从生活中捕捉鲜活而又富有个性特征的景物形象,把自己的情感与想象揉合进去,构成了鲜明生动的艺术形象。如那西天的云彩、河畔的金柳、河中的波光艳影,还有那软泥上的青荇……各种物象都相映成趣,其中浸透了诗人对康桥的无限深情。诗人采用的比喻尤其独特而贴切,它既丰富了诗歌的内涵,又增强了诗歌的艺术感染力。

(1)以形传神,形神兼备。诗人把金柳比作新娘,这个比喻形似神肖,新巧别致。她多像一位长发飘逸、风姿绰约的新娘啊。她的倩影倒映在康河里,也荡漾在诗人的心河中。诗人在这里绝不仅仅是绘形摹态,他是以意象传达情意,表现对康桥风光、对失落情意的追恋。

(2)以实托虚,虚实结合。如诗中写"潭",就是有实有虚,虚实相生,在青荇浮藻之间,荡漾着绚丽多彩的晚霞,波光潋滟,水天一色,如梦如幻,亦实亦虚,真是令人神往!诗歌由实到虚,融情于梦,借梦发慨,诗意地表达了诗人的浪漫情怀。

(3)以静衬动,动静结合。这首诗的首尾都用"作别云彩"咏叹。开头显得飘逸高洁,依依难舍;结尾则见感伤落寞,无奈决绝。这一意象以静衬动,精妙入微地折射出诗人的复杂微妙的心理。

【拓展阅读】

1. 作为浪漫主义诗人的徐志摩,他的诗作很大一部分与爱情故事有关,请通过他的诗作分析他的爱情观。

2. 阅读徐志摩的诗歌《雪花的快乐》,试着比较一下两首诗中呈现的"雪花的快乐"和"康桥的梦"的异同之处。

3．请感受《北方的冬天是冬天》《她是睡着了》《月下雷峰影片》等诗作中的"三美"特色。

（杨兆秀、罗素峰）

戴望舒《雨巷》阅读指导

【阅读目标】

1. 了解戴望舒的生平及创作本诗时的背景。
2. 把握这首诗的感情基调并思考作品中的"我"的形象。
3. 了解这首诗的意象特征以及象征手法的表达效果。

【基础阅读】

戴望舒（1905—1950），本名戴梦鸥，中国现代派象征主义诗人、翻译家。著有《我的记忆》《望舒诗稿》《望舒草》《灾难的岁月》等。《雨巷》是戴望舒的成名作和代表作，因此他被称为"雨巷诗人"。

《雨巷》创作于 1927 年。大革命失败，反动派逮捕、屠杀革命人民，破坏革命联盟，镇压革命运动，白色恐怖笼罩中国。革命青年从火的高潮堕入了夜的深渊。有的人失去希望，失去了革命的方向，陷入迷惘、彷徨和痛苦，又在失望中期待着新的希望，在风雨中苦苦等待着云开雾散。22岁的戴望舒，因参与革命，在松江一位友人家里暂避，革命的失败，希望的幻灭，前路的迷茫，都让他倍感痛苦和孤独，失望和希望交织、幻灭和追求俱在。迫于政治上的严峻形势，作者这个时期的诗篇大多以爱情的苦闷，来写个人理想与现实相撞而产生的忧郁。《雨巷》正是反映了这一时期进步青年心境的作品。

本诗是诗人内心孤寂苦闷而又苦涩的写照，是黑暗的现实和幻灭的理想在冲击碰撞。不只是让人愉悦的东西才美，让人感伤、感悟的东西有时更具美的力量，请在阅读和诵读时体会本诗哀伤、愁怨的美。

【深度阅读】

朦胧且含蓄，是本诗最大的特点。细雨如丝的江南，悠长寂寥的小巷，有一位撑着油纸伞的丁香一样的姑娘彳亍而行，这是一幅多么美的烟雨江南的画面！但如果配上寂寥、愁怨、哀怨、彷徨、彳亍、冷漠、凄清、惆怅、太息、凄婉、迷茫、颓圮等这些词语后，又能给我们怎样的感觉呢？作者为何"希望逢着一个丁香一样地，结着愁怨的姑娘"？而不是国色天香的牡丹，热情奔放的玫瑰，娇羞的水莲花，而非要是丁香呢？因此，理解诗歌必须抓住诗歌的重点意象——丁香来进行深入的感悟。

丁香是中国古典诗歌的传统意象，常常作为美丽、高洁、忧郁的象征。杜甫的《江头五咏·丁香》有"丁香体柔弱，乱结枝犹垫。细叶带浮毛，疏花披素艳。深栽小斋后，庶使幽人占。晚堕兰麝中，休怀粉身念。"词中的丁香就是高洁情趣的象征，独立人格的载体。李商隐《代赠》"楼上黄昏欲望休，玉梯横绝月如钩。芭蕉不展丁香结，同向春风各自愁"中的丁香是用于抒发忧愁、幽怨之情。李璟《摊破浣溪沙·手卷真珠上玉钩》"青鸟不传云外信，丁香空结雨中愁"中的丁香则是对时光易逝、物是人非的感慨。本诗"希望逢着丁香一样的姑娘"中的"丁香"则涵盖了古诗词中丁香的大部分意象的象征意义。

"雨"作为一种自然现象，具有饱满的生命力，也是中国古典诗词的常见意象。"雨"首先是大革命失败的隐喻，更是诗人忧愁寂寥的哀曲，可谓人生之雨、悲愁之雨。全诗所营造的烟雨朦胧、迷茫虚幻之感，又在此况下苦苦寻觅代表着希望的"丁香一样的姑娘"，更是朦胧之雨、希望之雨的体现。

"巷"是江南地区的典型景色，包括巷的终点"篱墙"。小巷悠长曲折、沧桑冷清、孤寂无人，在梅雨时节更显朦胧哀伤，幽深无尽。诗歌中的"雨巷"是那个时代的象征，点明了"我"在运动失败后对未来革命事业发展的迷惘情绪，也暗喻着对未来的朦胧希望。

"篱墙"指用竹子、树木或枝条等做成的篱笆或栅栏，暗指思想观念的束缚和限制。颓圮的"篱墙"是诗中女郎消失的地点，它的荒凉破败与丁香女郎的美丽形成鲜明的对比，点明她的高贵纯洁中结着缕缕愁怨，隐喻诗人对理想的执着追求。

"油纸伞"自身造型极具复古怀旧的浓厚中国古韵，梅雨时节雨点轻敲伞面，又如珠帘般轻盈坠落，具有很强的视觉美感与古典诗意，伞和雨的结合营造了独自行走的"冷漠，凄清，又惆怅"之感。

"丁香花"象征着纯真无邪、忧愁和思念，暗结同心的希望，是美好婉转的爱情之花。古人多借丁香写愁，在文学著作中，多代表着高贵、美好、哀怨的事物。"她是有，丁香一样的颜色，丁香一样的芬芳，丁香一样的忧愁。"作者将丁香的美丽、高洁与忧郁赋予姑娘，将两者重叠，象征其心中理想。同时，这种追求又难以把握，徒留怀念与惆怅。

【赏析阅读】

1．如诗似画的意境美

戴望舒沉淀了深厚的中国古典文化修养，他为我们描绘了一幅中国江南水乡的美景，虽是现代的新诗，却融入了许多中国古典的元素，比如古色古香的悠长小巷、撑着油纸伞的美丽的姑娘，姑娘哀怨忧愁的眼神，低回哀婉的叹息，飘然而过的擦肩邂逅，朦胧似梦境般的消失。不是豪放的歌颂或追求，满满都是婉约含蓄的韵味，隽永悠长，给人美的想象和享受。戴望舒诗中的丁香姑娘与中国古诗词中的丁香意象一脉相承，将东方女孩的温婉幽怨、含蓄柔美表现得非常细腻，完美渲染出了一种传统的意境，情与景，虚与实，动与静，互相交融结合，令人直观地感受到本诗极具生命力和感染力的意境美。

2．含蓄哀婉的情感美

本诗营造出一种低迷哀怨的情感调子，"我"在悠长的雨巷里独行，期待能够邂逅一个"丁香一样的姑娘"，这是作者对于他崇高理想的不懈追求。这个姑娘梦幻般地出现，同我擦肩而过，又带着叹息离去，只留下迷惘和痛苦的我，暗示着"我"在希望破灭后的痛苦与空虚。"丁香姑娘"是作者美好理想和生活的象征，是知己的象征，也是希望的象征。面对现实的黑暗和腐朽，面对失败的痛苦和煎熬，诗人从未放弃对希望和光明的追求，理想幻灭的幽怨中始终有着执着不屈的精神，正是当时众多革命志士内心情感的精准反映，他们这种痛苦、执着、迷惘、坚定、幻灭、希望、矛盾又统一地交融在一起的复杂情绪，生出一种别样的美感。

3．悠扬舒缓的音乐美

本诗有很强的音乐性，叶圣陶先生说它"替新诗底音节开了一个新纪元"。诗中灵动变化的音节，极富有生命力。整首诗共有七小节，每小节都是六行，每行基本都是三顿，每节押韵二三次，押韵收尾时都是双音，且一韵到底，如"悠长""雨巷""姑娘""彷徨"，给人悠扬舒缓的美感。同时，首尾两节重复，反复吟咏，巧妙运用了词语的复沓、重叠，通过大量使用排比的修辞手法和极具情感色彩的双音词，更突显了凄婉哀伤的气氛，强化了"我"的孤寂迷惘的情绪。回环往复，一唱三叹，余音袅袅。

【拓展阅读】

1．《诗经》中的《蒹葭》情思之哀婉缠绵、意境之迷离朦胧、伊人令人神往的形象、可望而不可即的追求精神，不愧为千古绝唱。而千年之后的《雨巷》中，戴望舒在悠长的雨巷里久久徘徊，与先民在蒹葭河畔的苦苦追寻，竟惊人的相似。无论从诗歌整体的意蕴意象，还是丁香姑娘朦胧美丽的背影与秋水伊人的形象，甚至诗人忧伤却执着的性格，都有着相似之处 。请认真阅读《秦风·蒹葭》，试着感受、比较《蒹葭》和《雨巷》的意境及意象的异曲同工之处。

2．"象与情合"是我们选择意象的关键，比如古诗中，"梧桐"象征悲伤和凄凉。宋代李清照在《声声慢》中写："梧桐更兼细雨，到黄昏 ，点点滴滴。"元人徐再思在《双调水仙子·夜雨》中写："一声梧叶一声秋，一点芭蕉一点愁，三更归梦三更后。"这些诗词都借梧桐落叶来抒发凄凉痛苦的愁绪。请你再举几个诗歌意象运用的例子，并分析其中意象。

（牛晓艳、罗素峰）

艾青《雪落在中国的土地上》阅读指导

【阅读目标】

1. 了解作者生平和诗歌创作的背景。
2. 深刻理解诗歌蕴含的情感。
3. 体味诗歌的艺术魅力。

【基础阅读】

　　艾青（1910—1996），浙江金华人，原名蒋正涵，字养源，号海澄。现当代文学家、诗人、画家。1934 年 5 月，其代表作《大堰河——我的保姆》发表，引起了轰动。1936 年出版诗集《大堰河》。他被胡风称为"吹芦笛的诗人"（《胡风论文集（上）》第 416 页）。主要诗集有《北方》《旷野》《黎明的通知》《献给乡村的诗》《春天》《海岬上》《归来的歌》等，理论著作有《诗论》《新文艺论集》《艾青谈诗》等。

　　在艾青一生的创作中，贯穿始终的一条主线就是对祖国、土地、人民、一切生命的强烈的爱。1937 年抗日战争全面爆发后，中国的抗战局势急剧恶化。艾青在武汉看到抗战中达官贵人依旧纸醉金迷、富豪巨贾投机倒把，他的心冷了。于是，在一个寒冷而带着雪意的冬夜，他写下了《雪落在中国的土地上》。这首诗歌通过描写大雪纷扬下的农夫、少妇、母亲的形象，表现中华民族的苦痛与灾难，表达了诗人深厚的爱国热情，表现了诗人深沉的忧患意识与赤子之心，真切地表达了诗人对祖国人民的深厚感情，展现了抗战时期中国人民遭受的灾难、痛苦和抗争。本诗发表于 1938 年 1 月出版的胡风主编的《七月》第 2 集第 1 期上，最初收入由上海文化生活出版社于 1942 年 1 月出版的诗集《北方》中。

【深度阅读】

　　本诗先用"雪落在中国的土地上，寒冷在封锁着中国呀……"使读者置身于一个激荡的境界。接着，诗人才进入场景的描写，"用着像土地一样古老的话，一刻不停地絮聒着……"这句对风的描写让人在感受到风的凛冽的同时也感受到了历史的沉重。作为"农人的后裔"，诗人将自己的多舛命运、民族的深重危难与人民的艰辛苦难联系起来，叙写了战争中惨遭蹂躏和杀戮的妇女和流亡道路上奔波的母亲，因此诗人发出了深情的呼号："中国的路／是如此的崎岖／是如此的泥泞呀。"在沉重的叹息中蕴含着历史和现实的思考，这就是雪落在中国土地上的寒冷的力量！诗的最后，诗人在"没有灯光的晚上"，悲伤而痛苦地呼喊："所写的无力的诗句／能给你些许的温暖么？"这是诗人泣血的、急切地想要为祖国献身的心声。本诗是诗人感情和创作更为深广的一次升华，它不仅是一幅色彩斑斓的油画，还是一曲悲愤的交响乐。在落雪的寒冷的中国的土地上，艾青，也用他的艰辛和努力，用他真诚而温暖的声音，攀登上了中国诗歌领域的高峰。

【赏析阅读】

1. 忧郁的感情基调

在艾青初期的诗歌，如《大堰河——我的保姆》《透明的夜》等作品中，我们都可以看到他情感深处对人类命运的忧郁。诚如艾青在《诗论》里说："叫一个生活在这个年代的忠实的灵魂不忧郁，这犹如叫一个辗转在泥色的梦里的农夫不忧郁，是一样的属于天真的一种奢侈。"《雪落在中国的土地上》这首诗表现了侵略战争给中国人民带来的深重灾难，这种灾难与诗人的个人遭遇结合在一起，使诗人的内心更加忧郁。诗人关注着劳苦大众，作为一位中国农人的后裔、感情真挚的爱国诗人，他把自己的命运同劳苦大众的命运联系起来。正因为如此，诗歌的结尾这样写："中国／我的在没有灯光的晚上／所写的无力的诗句／能给你些许的温暖么？"诗人把自己的诗句与时代的苦难直接联系在一起，表达出对时代与人民的深切关怀。

同时，这首诗也是艾青为战乱中流离失所的劳苦大众所唱的一支悲歌。诗歌从"我"想象中的视角切入，眼前仿佛出现了戴着皮帽冒着大雪赶着马车的农夫，出现了流落他乡失去男人保护的蓬发垢面的少妇，出现了不是在自己家里的年老的母亲，出现了一批批失去饲养家畜和肥沃田地的土地垦殖者……他们年龄不同，身份有别，但他们都遭受着侵略者的掠夺与凌辱，生活在苦难与痛苦之中。《雪落在中国的土地上》是诗人为他们唱出的一支悲歌，也是为灾难深重的中华民族唱出的一支悲歌。诗歌中反复吟唱的"雪落在中国的土地上，寒冷在封锁着中国呀……"是来自诗人心灵深处的一种强烈感受和悲壮呐喊，蕴含着诗人强烈的忧国忧民的情感。

2．悲壮的土地意象

《雪落在中国的土地上》是一支悲歌，诗中的意象也带上了战乱时代悲壮的色彩。诗歌中出现的"土地"是艾青常用的意象，艾青生于乡村的土地，长于乡村的土地，"土地"意象已融入了他的生命中。在诗中，他为贫困的土地悲哀："雪落在中国的土地上，/寒冷在封锁着中国呀……"诗人通过反复吟唱"土地"，诅咒给土地带来灾难的人，希望土地能迸发出生命的活力。诗中还有两个表现劳苦大众灾难的意象，一个是"风"，一个是"河流"。"风，像一个太悲哀了的老妇""躺在时间的河流上""沿着雪夜的河流"，这些词语组合在一起就把这些出现在茫茫林海间、夜晚的河上、旷野的夜行者生存的艰难和苦痛深刻地表现了出来。"土地""风""河流"这些意象，表现了中华民族蒙受的苦痛与灾难，也表达了诗人对祖国、对人民、对土地的那种深沉真挚的爱。

3．朴素自然的风格

艾青主张诗歌创作要"朴素、单纯、集中、明快"，他一直倡导"诗的散文美"。他在《诗的散文美》一文中说，"当我们熟视了散文的不修饰的美，不需要涂抹脂粉的本色，充满了生活气息的健康，它就肉体地诱惑了我们"，他认为"散文的自由性，给文学的形象以表现的便利；而那种洗炼的散文、崇高的散文、健康的或是柔美的散文之被用于诗人者，就因为它们是形象之表达的最完善的工具"。可见，他的这一主张，是对自然、朴素、亲切的诗风的追求，是对自由诗体的追求。《雪落在中国的土地上》这首诗的词语非常简洁，用日常生活的语言去承载对历史与现实的思考，极富张力与表现力。诗中的语言读起来亲切自然，它不是简单的情绪的外化，而是与诗人内在的情感密切联系在一起，使诗歌的情境得以拓展与延伸，同时又呈现出一种朴素清新的形式，进而具有散文美。

【拓展阅读】

1. 品读艾青的同期作品《北方》，写一篇感想，进一步体会诗人忧郁而悲哀的情感。

2. 赏析艾青的诗歌《我爱这土地》，品味其深重的爱国主义情感。

3. 艾青不仅喜欢写"土地"，还喜欢写"太阳"，通过这些有独特意义的意象来表达对祖国深沉的爱恋和对侵略者无比的痛恨。请读一读《艾青诗选集》，结合具体诗歌，体会"土地"凝聚了诗人怎样的情感，"太阳"表现了诗人怎样的追求？

4. 读一读艾青的《诗论》，了解艾青的诗歌美学思想。

（刘晋绘、罗素峰）

李季《王贵与李香香》阅读指导

【阅读目标】

1. 了解《王贵与李香香》的创作背景和主题思想。
2. 了解《王贵与李香香》中人物形象的典型性。
3. 了解《王贵与李香香》采用陕北"信天游"民歌表现手法的效果。

【基础阅读】

《王贵与李香香》创作完成于 1945 年 12 月,发表于 1946 年,最初在《解放日报》上连续刊登。1942 年冬至 1947 年,李季曾在陕北三边工作,先后当过小学教员、县政府秘书和地方小报编辑,了解到许多感人的革命历史故事,熟悉了陕北人民的思想、性格、语言及其所喜爱的文艺形式,为以后的创作打下了深厚的基础。1942 年,毛泽东《在延安文艺座谈会上的讲话》发表之后,给他以极大的启示和鼓舞,激发了他强烈的创作欲望,并开始进行业余创作,他尝试着以诗歌形式写出了《王贵与李香香》等作品。

《王贵与李香香》以王贵和李香香的爱情故事为线索,展现了"三边"人民走上革命的历程。1930 年,陕北地区死羊湾遭受旱灾。被地主崔二爷强行拉去当长工的王贵,经常帮助邻居李德瑞家砍柴挑水,逐渐与李家女儿香香产生了爱情。崔二爷调戏香香不成,就回家毒打王贵出气。倍受折磨的王贵秘密加入了党领导的赤卫队,地主发觉后被捕。香香领着游击队及时赶到,救出了王贵。然而国民党军反攻入庄,游击队暂时撤离。崔二爷又抢走香香,大摆喜筵,与匪军官们喝得烂醉。谁料游击队从天而降,这伙无恶不作的魔王终于成了人民的阶下囚。王贵与李香香终于幸福地结合。

【深度阅读】

信天游是流传在中国西北广大地区,特别是陕北的一种汉族民歌形式。一般两句一小节,每句以七字格的"二二三式"为基本句式,每两句为一小节，讲究押韵；有的一节表达一个意思，有的几节组成一个部分，表达比较复杂的意思。信天游常用比兴手法，比兴非常广泛，日月星辰、风云雨露、花草树木、鸟兽虫鱼、柴米油盐、五谷杂粮、衣食起居等等都可以起兴作比，形式自由灵活，调子自由，单纯易唱。

《王贵与李香香》共三部。

第一部主要叙述和交代人物和人物之间的矛盾和阶级压迫，包括"崔二爷收租""王贵揽工""李香香""掏苦菜""两块洋钱"五个小节，叙述地主崔二爷收租逼债，活活打死王贵父亲王麻子；王贵为了还债给崔二爷当了长工，饥寒交迫，受尽压迫和剥削；李香香也是和父亲相依为命，受苦受累不得温饱；两个苦命人在挖苦菜时对歌互相表白了爱意；崔二爷看上了香香，想用两块大洋收买香香。

第二部包括"闹革命""太阳会从西边出来吗？""红旗插到死羊湾"和"自由结婚"四小节，主要叙述陕北刘志丹领导红军闹革命，王贵参加革命，却被崔二爷抓起来，软硬兼施，受尽严刑拷打，幸亏赤卫队赶来赶跑了地主崔二爷，王贵与李香香结成夫妻。

第三部包括"崔二爷又回来了""羊肚子手巾""团圆"三小节，主要叙述崔二爷反攻倒算，卷土重来，逼迫香香嫁给他，软的和硬的手段都不见效，香香受尽折磨；王贵在得知香香被崔二爷抓起来后，和红军一起打回死羊湾，镇压了崔二爷，救出了香香，王贵与香香得以团圆。

【赏析阅读】

1. 革命题材和红色主题

《王贵与李香香》以刘志丹领导红军闹革命为背景，以穷苦人王贵与李香香恋爱婚姻为主线，阐明了主人公爱情的悲欢与革命的发展紧密相关，显示了劳动人民的个人命运与整个阶级的革命大业血肉相连的真理，农民的翻身解放，爱情婚姻的幸福，都是与革命紧紧相连的。作品通过王贵与李香香曲折动人的爱情故事，表现了"不是闹革命穷人翻不了身"，"不是闹革命"，香香和王贵也结不了婚，形象地表明了共产党领导的革命斗争是农民翻身、获得幸福的保证。

2．民族形式和大众文化

《王贵与李香香》最突出的成就是成功地采用了陕北民歌"信天游"的形式，创造性地学习和继承了民歌的优秀传统。信天游一般没有完整的故事情节，内容比较单纯，多表现男女爱情，两句一首，"一句比兴一句赋"，形式自由灵活。《王贵与李香香》大量地吸取了信天游的营养，很多地方采用了信天游的形式和方法，同时又有所突破。

首先，长诗没有仅仅局限于表现爱情，而是将爱情和革命结合起来表现，不仅描绘了几个激烈的斗争场面，使之构成了一个完整的故事，而且还成功地塑造了王贵与李香香的形象。

其次，长诗对信天游的形式有所继承，也有所革新。从头到尾几乎是各种比喻的铺排，而且这些比喻既通俗又新颖贴切。"一对大眼水汪汪，就像那露水珠在草上淌。"不仅写出了香香的眼睛漂亮、明亮，同时也将人物内心的纯洁表现了出来，既通俗，又不落俗套。"一颗脑袋像个山药蛋，两颗鼠眼笑成一条缝。"则把崔二爷外表奸猾，令人厌恶的相貌特点生动表现了出来。

再次，长诗歌丰富了信天游的人物刻画手段，如"山丹丹开花红姣姣，香香人材长得好"，这两句诗前一句是兴，夸赞山丹丹开花姣美红艳，但兴中又有比，以此起兴，既让人由花联想到香香的美貌，又暗含用花比喻香香的美丽。如"太阳出来满天红，革命带来好光景"，形象地表现出了共产党领导人民闹革命给人民带来的好处。由于长诗大量使用比兴，使全诗不仅更富有形象性，而且增强了含蓄性，对抒发感情、刻画人物等，都起到了传神的作用。

《王贵与李香香》注重民族化、大众化，语言非常平易、简朴，所用词语多是人民生活常用的口语，有的地方还恰当地运用民间谚语、成语，并在此基础上进行加工，读来真实、亲切。如："荒年怕尾不怕头，十九年春荒人人愁。""冬雪大来冬麦好，王贵就像麦苗苗。""羊群走路靠头羊，陕北起了共产党。"将百姓熟悉的口语、民谚入诗，使长诗更加通俗易懂，便于传播。

【拓展阅读】

1. 课后搜集一些陕北信天游民歌，感受信天游民歌形式的特点。
2. 学习山西民歌左权"开花调"形式，唱一唱第二部中"掏苦菜"一小节，感受王贵与李香香互相对唱，互诉衷肠的情意。

（王宪文）

第三编　散　文

散文的阅读与赏析

　　散文是一种以记叙或抒情为主，取材广泛、笔法灵活、篇幅短小、情文并茂的文学样式。写人记事，写景状物，议论抒情，各有侧重。

　　散文最主要的特点是"形散神聚"。"形散"主要是说散文取材广泛，表现手法不拘一格，叙事、写人、议论、抒情往往结合在一起使用，从而使行文表达自然流畅，富于变化。"神聚"是就文章的立意，即文章的主题思想必须明确集中，无论内容多么广泛复杂，必须紧紧围绕一个中心，为表达的主题服务。另外，散文在表达上，注意抒发作者的生活感受和内在的情感。当然，散文的语言也凝练优美，富于文采，往往寥寥数语就可以描绘出生动的形象，勾勒出动人的场景，显示出深远的意境，写景如在眼前，写情沁人心脾。

　　散文的欣赏重点是把握其"形"与"神"的关系。一是学会识"文眼"。"文眼"的设置因文而异，可以是一个字、一句话、一个细节、一缕情丝，乃至一景一物，如《荷塘月色》中的"这几天我心里颇不宁静"。

　　二是要学会抓住线索。就是要理清作者思路，理解作者的写作意图，准确把握文章的立意。

　　三是要注意文章的表现手法，领会作者对所写的事物做细致的描绘和精心的刻画。

　　四是要学会品味语言。散文素有"美文"之称，语言凝练、优美，富于哲理、诗情、画意。阅读时，应细细咀嚼，咬文嚼字，揣摩散文语言的准确性、生动性和情韵理趣，从而更加深刻地体味散文的内容。

　　五是注意不同类型散文要各有侧重。写人记事的散文，阅读时要抓住时间、地点、人物、事件等要素，领会作者是如何对人和事进行叙述和描绘的；写景状物的散文，阅读时要重点领会作者如何通过时空的变换、移步换景的方法，抓住景物的特征进行描写和状物，体会借景抒情，或寓情于景的表达效果；抒情性散文重点体会作者抒发的情感以及抒发情感的方式和效果，或直抒胸臆，或触景生情，常常运用象征和比拟的手法；议论性散文则融合了"议论"和"散文"的笔法，重点在于阐述某个观点或看法，不像一般议论文注重理性和逻辑，而是侧重于形象的描绘和情感的抒发。

（王宪文）

周作人《故乡的野菜》阅读指导

【阅读目标】

1. 了解周作人散文创作情况。
2. 了解《故乡的野菜》创作内容和情感。
3. 学习作品的表达技巧和方法。

【基础阅读】

周作人（1885—1967），浙江绍兴人，鲁迅先生的二弟。在新文化运动中，作为《新青年》的重要作者，曾任"新潮社"的主任编辑，并为新文化运动做出了突出贡献。"五四运动"之后，周作人与自己的兄长鲁迅以及林语堂等人创办了《语丝》周刊，并亲自担任主编，同时也是主要撰稿人。主要著作有散文集《自己的园地》《瓜豆集》《知堂文集》等，诗集有《过去的生命》，小说集有《孤儿记》，论文集有《艺术与生活》《中国新文学的源流》等。

1924 年 2 月，周作人创作了《故乡的野菜》，当时刊登在 1924 年 4 月 5 日出版的《晨报》副刊上，后收入由上海北新书局于 1925 年 12 月出版的《雨天的书》中。

【深度阅读】

文章对家乡的荠菜、黄花麦果、紫云英三种野菜进行了细致描写，勾画出一幅幅浙东古朴清纯的民俗画卷，流露出品花赏草的闲适情趣，表达了作者对故乡的深情怀念。

文章开头写道："我的故乡不止一个，凡我住过的地方都是故乡。"开篇就表现出作者似乎是一个特别适意洒脱的人，然而当妻子从菜市场买回来荠菜时，看着那绿油油的荠菜，作者对于故乡记忆的闸门徐徐地打开了，先说荠菜是浙东人春天最爱的野菜，妇人和孩子们采食野菜，唱着歌谣的情景；又引用《西湖游览志》和《清嘉录》中的记载，佐证故乡的人们对荠菜的喜爱。接着，作者又叙述了儿童采摘黄花麦果的儿歌，描绘了人们用黄花麦果制作茧果和草饼的过程，以及祭祀的情况，字里行间饱含了对故乡的想念之情。最后，作者又介绍了一种名叫紫云英的野菜，主要是介绍紫云英花色，整片紫云英"一片锦绣，如铺着华美的地毯"，花朵"状若蝴蝶，又如鸡雏"等特点。浙东古老的风俗，富有人间烟火的市井风情，在作者的笔下娓娓道来，通过细致入微的描写，将遥远的记忆变成了作者对故乡深切的思念。

【赏析阅读】

1. 平淡的文笔，深厚的情感

《故乡的野菜》以冲淡平和的笔调，像一位长者在静静讲述，淡泊安详，但平淡的背后却有着用心的经营。一开始就欲扬先抑，说"我的故乡不止一个，凡我住过的地方都是故乡。故乡对于我并没有什么特别的情分，只因钓于斯游于斯的关系，朝夕会面，遂成相识，正如乡村里的邻舍一样，虽然不是亲属，别后有时也要想念到他……"看似"漫不经心"，说那只是"钓于斯游于斯的关系"。实质上是在为下文介绍故乡的野菜奠定基础。紧接着，笔锋一转，由妻子买菜说起荠菜，引出对故乡野菜的叙写来。引入自然，除了没有那种为引入而引入的味道，还有一种坦然的感觉。让我们觉得生活充满回忆，轻轻地触碰便能泛起涟漪。

在文中，作者介绍了故乡的三种野菜，首先由春天常吃的荠菜，想到另一种用来祭祀的黄花麦果，再由它扫墓时做贡品想到另一种扫墓时也常吃的野菜紫云英，表面看起来是信口而谈，实际上内里却有一条线索贯穿，但作者却不露痕迹，由看到卖荠菜，随之想起故乡，这种情思看似有意，又似无意；回想故乡，却只谈野菜，思乡之情若有似无，冲淡的意境跃然纸上。郁达夫评价说："觉得他的漫谈，句句含有分量，一篇之中，少一句就不对，一句之中，易一字也不可。"一篇千字小文，起承转合，灵活清隽，结构艺术独具匠心。

虽说此文文笔平淡，但情却是深厚的，深厚得不太经意，深厚得丝丝入扣。如文中写道："自从十二三岁时出外不参与外祖家扫墓以后，不复见过茧果，进来住在北京，也不再见黄花麦果的影子了。"《故乡的野菜》写于1924年，离作者十二三岁已是将近三十年了，但作者对儿时的黄花麦果依然记忆犹新，这充分说明作者对故乡，对故乡的特产以及风俗印象极其深刻，无言中表达了对作者故乡深刻的怀念。接着，作者又把故乡野菜的味道与日本、北京的类似黄花麦果糕的点心做对比，更加表现出儿时故乡的黄花麦果的味道非常特别，令作者尤其难忘。比如写黄花麦果："在北京也有，但是吃去总是日本风味，不复是儿时的黄花麦果糕了。""不复"二字，深切地写出作者对童年时光的留恋，并且把佳物不可再得的怅惘情绪和盘托出，这就是周作人先生的真。面对读者，不故弄玄虚，不伪作高深，一腔真情慢慢流出，正是这种至真的情感，《故乡的野菜》读起来才觉得近，觉得亲。

2. 浓郁的风味，厚重的文化

民谣是周作人一生的最爱之一。他的美文，特别是一些描写故乡风物的言志小品，里面总有很多的童谣和民谚，这使他的散文在冲淡平和的文风之外，充盈着一种"俗趣"，氤氲着浓浓的地方风味。

《故乡的野菜》中，引用歌谣就有四五处之多。"荠菜马兰头，姊姊嫁在后门头""三春戴荠花，桃李羞繁华""三月三，蚂蚁上灶山"等，短短的一两句，朗朗上口，通俗可爱，含义浅显几近直白，却让文章生动不少。民谣产生于劳动人民的生活之中，没有经过刻意地文饰和加工，有一种天然的野趣，周作人称之为"民族的文学"。尤其是用儿童视角和语言来表达的童谣，更添了一种稚趣在里面，就更是周作人所谓的"天籁"了。《故乡的野菜》散发着浓浓的风俗趣味，这种趣味，除了上述的民谣所带来的"俗趣"，还体现在作者的渊博学识所带来的"雅趣"上。

周作人一生博览群书，每写到一个事物，他都能旁征博引，左右逢源，各种趣语稗谈信手拈来。如本文写故乡的荠菜，引用了明代文学家田汝成的《西湖游览志》和清代文学家顾禄的《清嘉录》中的记载，这些引用增加了文章的文化厚重，让文章有了一种古色古香的味道。写紫云英时，又引用了日本《俳句大辞典》中的描述："此草与蒲公英同是习见的东西，从幼年时代便已熟识。在女人里边，不曾采过紫云英的人，恐未必有吧。"仿佛不经意，但作者的学识已经跃然纸上了，这使周作人的美文小品与那些唯有平淡的文章有了天壤之别。

对每一种野菜的性状，以及野菜的食法，周作人仿佛是一名博物学家，都能一一道来。如"黄花麦果通称鼠曲草，系菊科植物，叶小微圆互生，表面有白毛，花黄色，簇生梢头。春天采嫩叶，捣烂去汁，和粉作糕，称黄花麦果糕。"再如"做成小颗如指顶大，或细条如小指，以五六个作一攒，名曰茧果"等等。作者不仅科学地阐释了野菜的属性（引用古典的记录），还从视觉上、味觉上描写出野菜的特征。"扫墓时候所常吃的还有一种野菜，俗名草紫，通称紫云英。农人在收获后，播种田内，用作肥料，是一种很被贱视的植物，但采取嫩茎瀹食，味颇鲜美，似豌豆苗。"把野菜写得活泼生动，不是一味地摹状貌，而是调动各种感官把抽象的野菜概念变得形象具体，给读者留下了更加广阔的想象空间。

3. 平民的立场，优美的语言

周作人不但在理论上第一个提出了平民化的主张，同时以自己的创作实绩践行了这个主张，《故乡的野菜》就是一个典型。文章所写三种野菜：荠菜、黄花麦果、紫云英，均是极为常见的野生植物，甚至"是一种很被贱视的植物"。作者之所以对此兴致盎然，最大原因就是它们都是"浙东人春天常吃的"东西。周作人思念这些野菜的一种情感，是对普通百姓生活的真诚关注，作者表达的是真挚的思想，是一种朴实的平民化的写作立场。

平民化的写作立场还体现在作者对待妇女儿童的态度上。"妇女小儿各拿一把剪刀一只'苗篮'，蹲在地上搜寻，是一种有趣味的游戏的工作。"作者用欣赏的态度，对"妇女小儿"挖野菜的工作给予极大的赞美。周作人毕生关注妇女和儿童的命运，从来都没有把妇女和儿童当作男人们的附属品。他不但积极采集童谣童话，而且与贵族化写作把妇女看作玩偶的态度迥异。在介绍黄花麦果时，运用了小孩的歌谣来赞美之："黄花麦果韧结结，关得大门自要吃；半块拿弗出，一块自要吃。"一方面说明黄花麦果这种野菜在作者的外祖家家喻户晓，连小孩子都知道，而且喜欢得要关上大门来独自品尝；另一方面也为文章增添了不少趣味。而可爱的紫云英同样得到小孩的青睐。周作人运用丰富的想象力，把大片大片的紫云英比喻为华美的地毯，既显得惹人喜爱又不庸俗。且把其花朵喻为蝴蝶、鸡雏等精致灵活的小动物。彰显出野菜"活力"的一面，更突出了作者热爱故乡的野菜，热爱大自然，热爱故乡的感情。

【拓展阅读】

当代作家汪曾祺也写过《故乡的野菜》，请借来读一读，分别从主题立意、行文表达等方面进行对比，看看两篇文章都写了故乡的哪些野菜，表达了对故乡怎样的感情，并写成一篇1000字左右的小论文。

（白丽萍、王娟）

冰心《小橘灯》阅读指导

【阅读目标】

1. 了解《小橘灯》的创作背景和主题思想。
2. 理解《小橘灯》寓含的象征意义和作者的感情。
3. 理解《小橘灯》的环境描写和表现手法。

【基础阅读】

《小橘灯》作于 1957 年 1 月，选材源自冰心在 1945 年春节前夕发生的一件往事。那时，冰心住在重庆郊区的歌乐山，小橘灯的故事就以歌乐山为背景而展开，讲述"我"与小姑娘初遇—探望—赠灯的故事。

十二年前的春节前夕，"我"在重庆郊区的一个山村，偶然中结识了一个"只有八九岁光景"的小姑娘，小姑娘的父亲失踪了，她的妈妈患病在家，"我"与小姑娘见面后牵挂着她，于是去到她的家里看望她。从那时到写作《小橘灯》十二年了，"每逢春节，我就想起那盏小橘灯"，想起小姑娘和她的父母。一次邂逅而短暂的相遇，一个普普通通的小姑娘，一盏很不起眼的"小橘灯"，让"我"难以忘怀。

【深度阅读】

《小橘灯》是记叙性的散文，环境描写与人物描写是记叙性文章的两个要素。环境描写是给人物提供活动的场所，文章在开始就交代了人物出场的环境，"走上一段阴暗的仄仄的楼梯，进到一间有一张方桌和几张竹凳、墙上装着一架电话的屋子，再进去就是我的朋友的房间，和外间只隔一幅布帘"。这几句话的环境描写与下文"我在她桌前坐下，随手拿起一张报纸来看，忽然听见外屋板门吱地一声开了。过了一会，又听见有人在挪动那竹凳子。我掀开帘子，看见一个小姑娘……正在登上竹凳想去摘墙上的听话器……"互相对照，无一处没有着落，环境与人的照应，谨严有序。

人物描写是本文的一大亮点。小姑娘的出场，"只有八九岁光景，瘦瘦的苍白的脸，冻得发紫的嘴唇，头发很短，穿一身很破旧的衣裤，光脚穿一双草鞋"，这段肖像描写，可以让读者看出小姑娘生活窘迫。"她看见我，似乎吃了一惊，把手缩回去了"，可以让读者看出小姑娘在陌生人面前的害羞与某种警觉，暗示她家里有不寻常的事情发生。"这屋子很小很黑，靠墙的板铺上，她的妈妈闭着眼平躺着，大约是睡着了，被头上有斑斑的血痕，她的脸向里侧着，只看见她脸上的乱发，和脑后的一个大髻。门边一个小炭炉，上面放着一个小沙锅，微微地冒着热气"，小姑娘的生活环境简陋艰苦，让"我"心生怜爱。她笑着说："红薯稀饭——我们的年夜饭。"小姑娘的坚强乐观，让"我"顿生敬意。"她拉住我，一面极其敏捷地拿过穿着麻线的大针，把那小橘碗四周相对地穿起来，像一个小筐似的，用一根小竹棍挑着，又从窗台上拿了一段短短的洋蜡头，放在里面点起来，递给我说："天黑了，路滑，这盏小橘灯照你上山吧！"小姑娘的懂事细心，让"我"动容动情。

【赏析阅读】

1. 精巧典雅的美学构思

《小橘灯》讲述一个八九岁的小姑娘在父亲外出避难的大年夜照顾生病的母亲、赠送前去探望的我一盏小橘灯等故事，塑造了一个在苦难面前镇定、勇敢、乐观、年轻的小姑娘形象，这一形象又与小橘灯结合在一起，赋予小橘灯以象征意义，物虽微小，却足可依凭，照亮前行人的路；光虽微茫，但足够温暖，穿透重重迷雾。

故事的另一种视角可以从朋友"不在家""临时有事出去"—"我的朋友还不回来"—"我的朋友已经回来了"来观照，这是一个圆满的闭环，外出总会归来，等待终会重逢。而我看望朋友时先走过一段"阴暗的仄仄的楼梯"，漫长等待中"顺着歪斜不平的石板路"走，天黑返途时提着灵巧的小橘灯慢慢地走着，文中"我"走过的路，也是"我的朋友"走过的路，也是小姑娘的父亲王春林走过的路，也是小姑娘走过的路。

2. 自然流畅的语言表达

《小橘灯》写人叙事简洁流畅，人物描写采用简练的白描写法。初遇小姑娘时，我掀开帘子时最直接的所见是"瘦瘦的苍白的脸"和"冻得发紫的嘴唇"，这两个名词性短语将小姑娘的形象瞬间定型，也传达了作者细腻、柔和的观察心理。很短的头发、很破旧的衣裤、光脚穿着的草鞋是"我"随后的打量，节奏稍有舒缓，长短不一的句子有序而松散地组合在一起，完成了对小姑娘外貌的描写。

《小橘灯》动作描写也非常传神。我初遇小姑娘时，"缩""点头""摇头""回头""噔、噔、噔地下楼"等动作的描写，准确地描述了八九岁小女孩的动作，体现了小姑娘年龄小、动作快等特点。我在小木屋门口，小姑娘"看""愣""微笑""招手"动作简练自然，将小姑娘的细心、意外、诚恳、有礼传神地表达了出来。准备探望小姑娘时，我"下楼""买""塞""顺""走"，每个动作平静、自然地发生，笔不言爱而温柔自隐。看到我拿的橘子，她伸手"拿""削""轻轻地揉捏""掏""放"，轻手轻脚，稳重细心地做着制作小橘灯的准备工作。制作小橘灯时，她"拉""拿""穿""拿""点"，敏捷而又熟练，一个体贴、聪颖、坚强、能干的小姑娘立刻活跃在读者的眼前。

【拓展阅读】

1. 阅读冰心的《六一姊》《冬儿姑娘》，与《小橘灯》做比较阅读，了解冰心笔下不同时代的三个少女形象，体会其以真挚情怀讴歌人世间的同情和爱怜，互助和匡扶，也体现其在作品中呈现的温婉清新的诗性表达风格。

2. 冬春之交的这一节日不仅承载着中华民族慎终追远的感怀与追念，而且也寄寓着人们一元复始、除旧迎新的美好祝愿。冰心、老舍、沈从文、巴金等作家作品中都对春节有所描绘，结合生活和阅读积累，谈谈你对文学作品中的春节所反映的社会历史、世间百态的理解和认识。

（赵玉娟、王娟）

朱自清《荷塘月色》阅读指导

【阅读目标】

1. 了解朱自清生平和《荷塘月色》的创作背景。
2. 理解《荷塘月色》中复杂的思想情感。
3. 理解《荷塘月色》的写作手法，练习诵读课文。

【基础阅读】

朱自清（1898—1948），我国现代著名的诗人、散文作家、学者、民主战士，代表作品有《匆匆》《背影》《荷塘月色》等。

在文章中，作者描绘了荷塘月色的美丽宁静，表达了对现实的不满和对自由的向往。开篇写到的"这几天心里颇不宁静"是全文的文眼。因为"心里颇不平静"，所以他深夜出门，走向日日走过的荷塘。接着，作者首先写到荷塘之"静"——曲折幽僻的小煤屑路，荷塘四面郁郁葱葱的树木，淡淡的月光……这些景物共同营造出了一个静谧的世界。作者又写到荷塘之"闹"——荷塘四周的蝉声以及蛙鸣，构成了一个热闹的环境，在这一片"闹声"中，更显出了荷塘之"静"。接着，作者写了江南采莲，其中一句"这令我到底惦着江南了"含蓄地道出了"心里颇不宁静"的原因。文章写到"我"从家里出发，经小径，到荷塘，又回家，"轻轻地推门进去，什么声息也没有，妻已睡熟好久了。"诗、情、画，包容统一，自然和谐。

【深度阅读】

郁达夫曾说过："朱自清的散文，能够贮满一种诗意。"（《中国新文学大系》，"散文二集'导言'"）"月色下的荷塘"与"荷塘上的月色"是"荷塘月色"的两个部分，比较好地体现了这个特点。

"月色下的荷塘"一段，从"叶子"起笔，"叶子出水很高，像亭亭的舞女的裙。层层的叶子中间，零星地点缀着些白花"，连用三个比喻句："正如一粒粒的明珠""又如碧天里的星星""又如刚出浴的美人"，从三个不同的角度向我们展现了荷花的风姿：月光下荷花的晶莹剔透；绿叶衬托下荷花的忽明忽暗；荷花的纤尘不染，生动，形象。

"荷塘上的月色"一段，写月光、写流水。"月光如流水一般，静静地泻在这一片叶子和花上。薄薄的青雾浮起在荷塘里。叶子和花仿佛在牛乳中洗过一样；又像笼着轻纱的梦……"这一段以荷塘为背景，重点描写了月色的层次变化，"但光与影有着和谐的旋律，如梵婀玲上奏着的名曲"，月的光和影，用"名曲"的旋律来形容，嗅觉、听觉、视觉，调动读者所有的感觉器官去感受这充满诗情画意的荷香月色，烘托出悠扬、优美、温馨、幽雅的氛围。

【赏析阅读】

1. 情景融合

作者从荷塘周遭的环境写起，向"荷塘月色"的主体进发。首先走过小煤屑路，通过"白天也少人走，夜晚更加寂寞"的平实叙述，写出了作者在去往荷塘的路上孤独寂寞的心理感受。接着文章写荷塘四周的景色，虚写荷塘四周的树木在没有月光时的阴森气象，既表现了作者近日情绪的抑郁，也为今晚有月色的极佳体验做了铺垫。而后赞美今夜的淡淡月光，为今晚心情的舒展做了铺垫。

紧接着作者开始抒发自己踏月访荷塘的内心感慨。先指明"路上只我一个人"的处境，后文的感慨便来得自然。一个"踱"字写出来作者此刻的悠闲和内心的放松。虽踽踽独行于荷塘，却无闲事挂怀，成就了抒情妙境。"这一片天地好像是我的；我也像超出了平常的自己，到了另一个世界里。"现实世界既不宁静，能寄身于另一世界不亦美哉！此时作者心中洋溢出一种轻松愉悦感，但使用"好像""像"则表现了这种愉悦感不过是短暂的自我安慰和放松，不能解决作者内心真正的问题。但片刻的解脱也使作者感觉自由自在，生出了"什么都可以想，什么都可以不想""是个自由人"的感觉。也正是这样一种放松超脱的心灵体验，使作者能全心体会月下荷塘的美景，发出"且受用这无边的荷塘月色"的惬意心声。

在对荷塘周遭景色和游赏情绪做好铺垫后，文章开始细致描写荷塘和月色。满塘的荷叶，"弥望""田田"，荷叶茂密，分布广阔。"亭亭"的荷叶风姿秀丽，用"舞女的裙"作比，描写荷叶的形态美。之后开始写荷花的形态，盛开的袅娜多姿、含苞的娇羞委婉，荷花之美溢于纸上。由于是月夜，作者用"明珠""星星"作比，写出来夜晚白色荷花的色感和美感，使荷塘如星空一样闪烁迷人，写出了超脱的意境。"刚出浴的美人"将水与花结合了起来，写出了荷花的特性，与中国古典审美中出淤泥而不染的荷花形象暗合，增加了审美层次。接着写荷花香。以微风拂过来表现花香，增加合理性。以歌声作比清香，既是远处高楼歌声必然渺茫，正合微风拂过若有若无的花香，通感的运用使读者对花香有了真切的体会，可说是神来之笔。既写到了微风，便信手拈来地写了动态的荷塘。"颤动""闪电""传"写出了荷塘动感之快、动作之微，"凝碧的波痕""脉脉的流水""风致"则写出动感下的美。荷叶、荷花的美因为有了微风而摇曳生姿，灵动可感。然后着力描写月光。月光单独描写很难传神，作者便着力写月光所营造的氛围。将月下的景色用"牛乳洗过"和"笼着轻纱的梦"来表现，写出了梦境般的美感，和作者超出平常自己的感受暗合，使抒情变得更为自然。

2. 语言精美

本文语言朴素典雅，用词准确，满含诗意。朱自清的散文语言一贯朴素典雅，追求"真就是自然"（《论逼真与如画》），"回到朴素，回到自然"（《今天的诗》），以为"藻饰过甚，真意转晦"，便不可取。他不用绮丽、华美、繁复的字词着意雕琢描写对象，但也绝不是单调的朴素呆板。他善于在朴素中加入灵动、灵秀的用笔方法，使文章时时显露灵光，借以触发读者的共鸣。就本文而言，作者在淡淡的情绪渲染下，运用比喻、拟人、通感等方法，来表现描写对象，使读者产生身临其境般的感受。如写静态的荷花的三个比喻："正如一粒粒的明珠"，写出月夜白色荷花的夺目光彩；"又如碧天里的星星"，写出荷叶衬托下的荷花在月夜忽隐忽现的美感；"又如刚出浴的美人",写出荷花纤尘不染的品质美。用词用句,并无华丽锦簇,却准确地传递了作者的独特审美感受,于平淡处见真功。

【拓展阅读】

1. 许多读者对于开头"这几天心里颇不宁静"的原因有很多揣测,你怎么看?

2.《荷塘月色》中提到两个"世界",即朱自清的现实生活的世界和放飞自我心灵的理想世界,不妨谈一谈你的理解。

（张素丽、王娟）

林语堂《论梦想》阅读指导

【阅读目标】

1．了解作者的生平和创作情况。
2．了解《论梦想》主要内容和观点。
3．体会文章的表达技巧和特色。

【基础阅读】

林语堂（1895—1976），福建龙溪人。中国现代著名作家、学者。国外留学多年，1923 年学成归国，任北京大学等高校教授。文学作品有小说《京华烟云》《啼笑皆非》，散文和杂文文集《人生的盛宴》《生活的艺术》《吾国与吾民》等。

林语堂身上流淌着中国古典文学的气质和风韵，同时，他又有着长达三十年之久的海外生活经历，这样就形成了他兼具东西方文化特质的视野和眼光。《生活的艺术》一书，出版于 1937 年，全书共有 14 章，内容丰富，谈庄子的淡泊宁静、陶渊明的闲适淡远 ，吟诵《归去来兮辞》，讲述《圣经》故事，介绍中国人如何听雨品茗、观山玩水、看云养花等。林语堂将中国人的怡情养性的生活方式诉诸笔端，向西方人道出一个东方神韵的快意人生的典型。《论梦想》一文，就出自林语堂散文集《生活的艺术》一书。林语堂提倡幽默文学，在《论梦想》一文中随处可见，引得读者会心一笑又心领神会。请赶快阅读起来，见识一下林语堂的风采吧！

【深度阅读】

这是一篇幽默、诙谐又有趣的散文。文章一开始从"不知足"谈起，点明"不知足"是人的本性。因为不知足，所以就会不满足，不满足就会想着去改变，而只有哲学家最具有"忧郁和沉思"的特点，可见，梦想是沉思的结果。

接着，作者点出了人区别于动物的特征是"怀着一种追求理想的期望，一种忧郁的、模糊的、沉思的期望"，还有"梦想另一个世界的能力和倾向"。即，人类具有想象力。因为"我们都有一种脱离旧辙的欲望，我们都希望变成另一种人物，大家都有着梦想"。

然后，作者又论述了想象力和梦想的关系。想象力越大，梦想就越不能满足，因此，想象力对梦想会有两种结果，一是"引入歧途"，有时"辅导上进"，但"人类终是完全靠这种想象力而进步的"，也就是梦想的正面作用大过负面作用。

作者又说，凡人都有理想抱负，个人和民族都有梦想。个人追求梦想，可以享受到梦想成真的快乐、兴奋和狂喜。而国家的梦想则有"高尚"和"歹恶"之分，高尚的梦想就是"梦想着和平，梦想着各国和睦共处，梦想着减少残酷，减少不公平，减少贫穷和痛苦"，是好梦；"歹恶"的梦想则是"征服人家和独霸世界"，是噩梦。好梦与噩梦斗争的结果，最终好梦获胜，使梦想变成生命中的一个真实存在的力量，即梦想成真。

值得注意的是，梦想也是逃避的方法之一，这是因为梦想是"混乱的梦想和不符现实的梦想"的缘故。不符合现实的梦想是逃避现实的借口，混乱的梦想则可能带来灾难，比如战争。所以，当英国人想通过战争实现所谓"梦想"时，作者建议把用于战争的钱让英国人去旅行，因为"旅行是必需的，而战争才是奢侈哩"。当然，乌托邦的梦想和长生不老的梦想，同样是要不得的。

【赏析阅读】

1. 层层递进的逻辑思维

林语堂写作时以身边的琐事入手，在生活的细微处宕开情思，在平凡的事物里生发哲理。先肯定人的"不知足"是促进人思考的动力，因为不知足，所以就会不满足现状，不满足现状就会想着去改变，就会思索。因而，人类具备想象力，想象力就是梦想力。想象力越大，梦想就越不能满足，就会出现两种结果，被引入歧途和上进，而且最终上进的占多数。这是肯定了梦想的价值。随后，作者肯定了个人与国家都可以有梦想，人追求梦想可以获得快乐、兴奋和狂喜，国家追求梦想则有好梦和噩梦之分，好梦促进国家进步发展，噩梦则给人类带来灾难。否定了人类发动战争的行为。全篇文章围绕"梦想"展开，先讲梦想产生的原因和动力，再说梦想的作用和类型，最后提出追求"好梦"，反对"噩梦"的结论。逻辑严密，层层推进，具有很强的说服力。

2. 幽默风趣、形象生动的语言

文章开始说到沉思的形象时，提到了黑猩猩的面孔，然后把它与哲学家忧郁和沉思的样子联系起来，让人不自觉地就会想到罗丹的"沉思者"塑像。牛没有思想，象也不会思考，唯有猴子可以"显示出彻底讨厌生命的表情"，于是作者赞扬说"猴子是真够伟大啊！"再如，提到战争可以成为城市里的人和服役久了的人逃避现实的方式时说，"战争总是有吸引力的，因为它使城市里的事务员有机会可以穿起军服，扎起绑腿布，可以有机会免费旅行；在战壕里已经度过三四年生活的兵士，而觉得厌倦了的时候，休战也是情愿的，因为这又使他们有机会回家再穿起平民的衣服，打上一条红领带了。"风趣，幽默，睿智，通达，林语堂就是用这种幽默、闲谈的方式表达他反对战争、渴望和平的愿望。

文章大量运用了对比的手法，把人与动物相比，表现了人的高级。把梦想的"好梦"与"噩梦"对比，善恶分明。作者善于使用排比顶针手法，像"兵卒梦想做伍长，伍长梦想做上尉，上尉想做少校或上校"。表现人的梦想的不满足。再比如，把人类追求梦的快乐与无线电收音机做比较，人收获快乐、兴奋和狂喜，收音机收获音乐和声音。这些都增加了文章的说服力和表现力。

3. 明确鲜明的主张

在一个物质丰富的年代，占有物质不会让人获得长久的满足。而在民国时期，物质匮乏，比起对金钱和物质的追求，林语堂更重视的是精神层面的充实感。林语堂写道："如果我自己可以自选做世界上作家之一的话，我颇愿做个安徒生。能够写美人鱼的故事，想着那美人鱼的思想，渴望着到了长大的时候到水面上来，那真是人类所感到的最深沉最美妙的快乐了。"

【拓展阅读】

1. 读完《论梦想》一文，请阅读《生活的艺术》一书，感受一下林语堂散文中的文化情怀。

2. 作者说，人和国家都可以有梦想，只是有的是好梦，有的是噩梦。新时代中华民族正在为实现"中国梦"而努力奋斗。请以"青年与梦想"为题，写一篇 1000 字议论文。

（王娟）

梁实秋《雅舍》阅读指导

【阅读目标】

1. 了解作者生平及创作情况。
2. 了解《雅舍》创作的时代背景和特点。
3. 理解"雅舍"的真实内涵。

【基础阅读】

梁实秋（1903—1987），祖籍浙江省杭县，北京人。名治华，字实秋，现代著名学者、文学家和翻译家。1923 年赴美留学，就读于哈佛大学并获文学硕士学位。回国后，曾任北京大学等高校教授。1949 年到台湾，1987年在台北病逝。创作有散文、文学评论等多种文体，曾用 40 年时间独立翻译完成莎士比亚全集 40 卷。

1939 年 4 月，梁实秋作为国民政府教育部教科用书编委会成员迁居重庆北碚，并与他人共同购置平房一栋，命名为"雅舍"。"雅舍"为砖杆木架结构，瓦顶尖壁，共有六间，梁实秋分得一室一厅，房间搭建简陋粗糙，室内陈设极尽简朴。梁实秋在此共居住七年，创作了很多作品，其代表作《雅舍小品》便作于此。《雅舍》是《雅舍小品》的首篇，可以看作是作品集的一个"序言"。

【深度阅读】

雅舍是梁实秋先生在四川定居的住宅名。雅舍"雅"在何处？我们首先看到的是"不雅"。"有窗而无玻璃，风来则洞若凉亭，有瓦而空隙不少，雨来则渗如滴漏。"建筑"简陋"至极，但作者却说"雅舍"还是自有它的个性，有个性就可爱。可见，陋与不陋关键在于人的内心。接着，作者介绍了"雅舍"的位置在半山腰，屋外的"前面是阡陌螺旋的稻田"，远处是"几抹葱翠的远山"，近处"有高粱地，有竹林，有水池，有粪坑，后面是荒僻的榛莽未除的土山坡"。屋内"地板依山势而铺,一面高,一面低,坡度甚大,客来无不惊叹","从书房走到饭厅是上坡,饭后鼓腹而出是下坡",虽有不便,但是因常有客人来访,便也安居。这种居高临下,可以俯瞰四周青山绿水的而感觉也可以算一种"雅"吧。那么屋内居住环境因为是合租,彼此又不隔音,"邻人轰饮作乐,咿唔诗章,喁喁细语,以及鼾声,喷嚏声,吮汤声,撕纸声,脱皮鞋声,均随时由门窗户壁的隙处荡漾而来,破我岑寂",很不方便。至于夜晚的"鼠闹"和"聚蚊成雷",作者则更是无可奈何,毫无办法。何雅之有?雅从何来?但是,作者却也安然接受,因为"有个性就可爱"。

真正的"雅舍"之"雅"大概来自"月夜"与"细雨蒙蒙"之际吧。因为月夜在雅舍可以看初月的"山头吐月,红盘乍涌……清光四射,天空皎洁,四野无声,微闻犬吠",可以看月上中天的"清光从树间筛洒而下,地上阴影斑斓",即便"兴阑人散,归房就寝,月光仍然逼进窗来",情意绵绵。细雨蒙蒙之际,"推窗展望,俨然米氏章法,若云若雾,一片弥漫",也有别样情致。但是"大雨滂沱"的时候,则是墙倒屋崩,"满室狼藉,抢救无及"。是不是也让人哑然失笑,双手一摊,无可奈何,自我解嘲?雅舍之雅大概如此!

当然,雅舍之"雅"还在于屋内的陈设,没有"名公巨卿之照片",没有"博士文凭",没有"丝织西湖十景以及电影明星之照片",只有"一几一椅一榻"供"酣睡写读"。简朴的陈设是不是雅呢?世俗之人肯定不会觉得"雅",但作者有自己的"陈设原则"——陈设宜求疏落参差之致,最忌排偶,且"俱不从俗","人入我室,即知此是我室"。这是不是很有"个性"?有个性就可爱,就是"雅"吧!

【点拨阅读】

1. "人生如寄"之叹

雅舍虽以"雅"为名,但实际却是一处典型的"陋室",可以说简陋不堪。结构简陋,"孤零零""瘦骨嶙峋""单薄";不避风雨,大雨滂沱的时候，墙倒屋崩，满室狼藉，抢救无及；位置荒僻，交通不便；地板不平，门窗不严；鼠子瞰灯，蚊子猖獗。作者能从简陋、简朴中寻找到"雅趣"既体现了作者与众不同的人生观和价值观，也给予了在全民抗战的特殊时期，背井离乡，与家人的聚少离多，是情非得已的选择，是战乱时期作者生活的真实写照。作者引用刘克庄的词"客里似家家似寄"，正是抒发这种"人生如寄"的感慨，颠沛流离之叹，细思极深。

2. 有个性就可爱

唐代诗人刘禹锡《陋室铭》曰："山不在高，有仙则名。水不在深，有龙则灵。斯是陋室，惟吾德馨。苔痕上阶绿，草色入帘青。谈笑有鸿儒，往来无白丁。可以调素琴，阅金经。无丝竹之乱耳，无案牍之劳形。南阳诸葛庐，西蜀子云亭。孔子云：何陋之有。"这篇文章说出了古往今来文人的精神追求和志趣爱好。梁实秋先生的《雅舍》也有异曲同工之妙，文章描写了所居"雅舍"的地理位置、环境、特点以及作者对其陈设的看法，仿佛居于雅舍所承受的风雨并不让人懊恼，而是一种人生况味，体现了作者豁然超脱的心境。雅舍虽小，却庇护了梁先生自由的创作乐趣和张扬的个性。作者在这里享受着自由的生活空间、身心的自由放松、创作的灵感迸发，是梁先生栖居心灵的精神家园。《雅舍》是梁实秋先生的一篇行文雅洁、潇洒幽默的散文。

3. 幽默风趣，含蓄深沉的语言

文章名曰"雅舍"其实是"陋室"，本身就充满了幽默的味道。作者面对"有窗而无玻璃，风来则洞若凉亭，有瓦而空隙不少，雨来则渗如滴漏"的陋室，不但不觉得简陋，反而说"有个性"，"有个性就可爱"。屋内地面不平，地板也是斜的，他却说"书房走到饭厅是上坡，饭后鼓腹而出是下坡，亦不觉有大不便处"。而且做到"久而安之"。特别是对"鼠闹"和"聚蚊成雷"的描写，更是形象生动。"鼠子瞰灯，才一合眼，鼠子便自由行动，或搬核桃在地板上顺坡而下，或吸灯油而推翻烛台，或攀援而上帐顶，或在门框桌脚上磨牙"，一个排比句列出了老鼠种种劣态。"聚蚊成雷"的蚊子"又黑又大，骨骼都像是硬的"，可见作者观察仔细，描写逼真，以至于"来客偶不留心，则两腿伤处累累隆起如玉蜀黍，但是我仍安之"。多么幽默风趣，又无可奈何！文章结尾的"人生如寄"之叹，则含蓄深沉地表达了战争给人民带来的苦难，表达了人生的无奈。

【拓展阅读】

1. 阅读《雅舍小品》中的其他篇目，谈一谈梁实秋先生的散文特色。
2. 梁实秋先生是一位在文学史上颇有争议的作家，读一读鲁迅对他的评价，谈一谈你自己的看法。

（张素丽、王娟）

丰子恺《给我的孩子们》阅读指导

【阅读目标】

1. 了解丰子恺的生平和《给我的孩子们》的内容。
2. 理解《给我的孩子们》对孩子们的赞美之情，以及对童年美好时光流逝的感慨。
3. 体会《给我的孩子们》朴实真挚的文风。

【基础阅读】

丰子恺（1898—1975），浙江省嘉兴市桐乡市石门镇人，是我国现代著名的文学家、翻译家、美术与音乐教育家。主要作品有散文集《缘缘堂随笔》、画集《子恺漫画》等。

《给我的孩子们》这篇散文写于 1926 年圣诞节，是《子恺画集》的代序，相当于画集的"前言"。散文以画集上的题材为内容，歌颂了纯洁的童心，表达了对儿童生活的憧憬，是一首对童真世界的赞歌。同时，对成人约束和侵犯孩子的行为表达了悔悟之情，对即将失去童真的孩子们表达了内心的伤感。

丰子恺认为"人间最富有灵气的是孩子"。在这篇两千余字的散文中，作者以细腻的文笔、敏感和悲悯的情怀描写了孩子们的纯真可爱，用欣喜的笔调罗列了孩子们生活中的琐碎之事，绘声绘色的描述让人如临其境，哑然失笑，继而深深地感到作者眼里的孩子的可爱。这是丰子恺先生对儿童成长过程的记录，也是对人的生命历程的深刻思考。

【深度阅读】

陈墨在《听丰子恺谈禅意人生》中记录了丰子恺女儿对丰子恺的评价。丰子恺的大女儿丰陈宝说："父亲丰子恺对儿童一向是'热爱''亲近''理解'和'设身处地'地体验的。正如他所说的，'他们笑了，我觉得比我自己笑更快活；他们哭了，我觉得比我自己哭更悲伤'。"她认为丰子恺"是一个长大胡子的大儿童"。他的小女儿丰一吟也说:"人们一提起父亲,首先想到他是漫画家,而且不少人对他的儿童漫画情有独钟。这不是偶然的。父亲热爱儿童,陶醉于儿童的率真。"

丰子恺在《给我的孩子们》中写到,与儿童相比,成人世界的一些美德是虚假的,父母的不当管教会伤害儿童;他喜欢孩子们的"出肺肝相示",悲哀于孩子的虚假的"感谢"。文章赞美着孩子们的率真自然,痛心着世俗社会磨灭纯真,交织着丰子恺的快乐和悲哀的复杂情感,这种憧憬和悲哀之情贯穿全文始终。

丰子恺憧憬于儿童单纯美好的世界。文中写到,"你们每天做火车,做汽车,办酒,请菩萨,堆六面画,唱歌,全是自动的,创造创作的生活";儿童是富有想象力的,"你的身体不及椅子的一半,却常常要搬动它,与它一同翻倒在地上;你又要把一杯茶横转来藏在抽斗里。要皮球停在壁上,要拉住火车的尾巴,要月亮出来,要天停止下雨",看似可笑的生活场景,却充满了孩子们天性中的自然和无拘无束的率真。

文章第8—11小节,写了"我"的悲哀。"眼看见儿时的伴侣中的英雄、好汉,一个个退缩,顺从,妥协,屈服起来,到像绵羊的地步。我自己也是如此。'后之视今,亦犹今之视昔',你们不久也要走这条路呢!"读后再为"悲哀"做注脚,进一步领悟到原来"我"还悲哀于自己明知这样不可行但无能为力,悲哀里还隐隐有着对世俗的激愤之情。

【赏析阅读】

1. 深情地讴歌童真

作者创作这篇散文之时已有三个孩子,他同所有父亲一样疼爱自己的孩子,并通过文章表达他的爱,他用文字真切、直白、传神地表达着自己对孩子的感受。孩子开心,感觉自己比孩子还要快乐,孩子们的眼泪也能使自己无限悲伤,孩子们吃东西比自己吃还要美味,孩子们跌一跤感觉比自己跌一跤还要疼。总之,作者用一双充满爱的眼睛细腻地记录着孩子们的成长。抱孩子,喂孩子吃饭到给孩子换尿布,哄孩子睡觉,陪孩子搭积木，这些充满生活场景的画面正是作者的创作素材。由于热爱而亲近，能够深深地体会孩子们的心理。儿童富有感情，却缺乏理智；儿童富有欲望，却不能抑制。儿童的世界非常广大，在这里可以随心所欲地提出一切愿望和要求。房子的屋顶可以要求拆去，以便看飞机；眠床里可以要求生花草，飞蝴蝶，以便游玩；凳子的脚可以给穿鞋子；房间里可以筑铁路和火车站；亲兄妹可以做新官人和新娘子；天上的月亮可以要它下来……成人们笑他们"傻"，称他们的生活为"儿戏"，常常骂他们"淘气"，禁止他们"吵闹"，作者能够热爱他们，亲近他们，因此能深深地理解他们的心理，而确信他们的这种行为是出于真诚。

2. 鲜明的人物形象

本篇散文以丰子恺的三个孩子，瞻瞻、阿宝和软软为主要对象，用对比的手法呈现孩子们和与作者自己一样的大人们截然不同的思维方式。三个孩子的真率和自然与大人们的做作形成鲜明对比。在仔细品味文本的过程中，大家一定会为孩子们充满好奇心，爱模仿、爱观察，率真热情所打动。在恍惚间那三个孩子就是曾经的我们，最真实、最自然。同时，文章向我们流露的不仅仅是一位对孩子们充满浓浓爱意的父亲，更重要的是在隐约中传达的感情，文中写到"惭愧又欢喜"，表现出了"我"也是一个渴望赤子童真的人。

3. 对话式表达手法

本篇散文运用了第二人称的写作手法，以父亲与自己儿女的"对话"形式展开，亲切自然。一个个孩子的故事跃然纸上，一幅幅童趣盎然的画面流淌于作者的笔下。第二人称写作手法更容易使作者抒发自己的强烈感情，作者时时揣摩儿童的心理，发现并体验他们的所思所感，他憧憬儿童生活，想返归儿童的原始天真与自然人性，但人毕竟要长大，要成年，要适应社会。成人世界虽有种种缺陷，不完美，但却是唯一的现实生存环境，这样的困惑使读者在阅读过程中产生共鸣。

【拓展阅读】

1. "吾爱童子身，莲花不染尘。骂之为解笑，打亦不生嗔。对境心常定，逢人语自新。可慨年既长，物欲蔽天真。"这是丰子恺刻在烟斗上的一首诗。请结合所学散文，解读本首诗。

2. 对比读一读《送阿宝出黄金时代》，体会两篇文章的一脉相承，进一步理解"我"的心情的变化，感受"我"是一位怎样的父亲。

3. 请大家通过网络资料或书籍阅读《子恺画集》，感受丰子恺的漫画风格，思考作者传达的感情。

（吴晓琴、王娟）

第四编　戏　剧

戏剧的阅读与欣赏

戏剧是集语言、舞蹈、音乐、美术、表演等为一体的综合性舞台艺术。文学角度的戏剧，主要是指戏剧的脚本，即剧本。中国的戏剧应该包括两类，一类是戏曲，是可以歌唱的；一类是话剧，是在学习西方戏剧中诞生的。本教材的戏剧专指话剧。

话剧必须借助舞台，依靠演员的姿态、动作、对话、独白等表演，辅之以化妆、服饰等手段，展现剧情、塑造人物和表达主题，要求空间和时间高度集中，小舞台，大社会。剧本的剧情通常用"幕"和"场"来表示，"幕"指情节发展的一个大段落，"一幕"可分为几场，但剧本一般要求篇幅不能太长，人物不能太多，场景也不能过多地转换。剧情是通过矛盾冲突来推动的，矛盾冲突大体分为发生、发展、高潮和结尾四部分。

阅读剧本，一要理清剧中的人物关系，分清主要人物和次要人物；二要理清基本的故事脉络和情节结构特点；三要抓住矛盾冲突，分清冲突的主要方面和次要方面；四要体会和玩味人物语言的个性表达效果，还要体会文字里面深层的潜台词，挖掘人物的个性特征。五要结合影视剧作品加深理解，感受话剧综合艺术的魅力和表达效果，以及教育意义。六要组织团队进行话剧排演，这对于深刻理解话剧的主题具有重要意义和价值。

（王宪文）

曹禺《雷雨》阅读指导

【阅读目标】

1. 了解剧作家曹禺生平及《雷雨》的创作背景。

2. 理清《雷雨》人物之间的关系与矛盾冲突交织情况，并尝试分析周朴园和繁漪的人物形象。

3. 体会和揣摩《雷雨》第二幕中语言的潜台词，分析周朴园对鲁侍萍的感情，谈谈对作品主题的理解。

【基础阅读】

曹禺（1910—1996），原名万家宝，出生于天津，戏剧家，代表作品有《雷雨》《日出》《原野》《北京人》等。《雷雨》创作于1933年，曹禺大学毕业，1934年7月1日发表于《文学季刊》，是曹禺的处女作，也是一部杰出的现实主义作品。该剧一共由四幕剧组成，最初版本原有序幕和尾声。

曹禺在1936年文化生活出版社出版的《雷雨·序》中这样谈到过如下一段话：

《雷雨》对我是个诱惑。与《雷雨》俱来的情绪，蕴成我对宇宙间许多神秘的事物一种不可言喻的憧憬。《雷雨》可以说是我的'蛮性的遗留'。我如原始的祖先们，对那些不可理解的现象，睁大了惊奇的眼。我不能断定《雷雨》的推动是由于神鬼，起于命运或源于哪种显明的力量。情感上，《雷雨》所象征的，对我是一种神秘的吸引，一种抓牢我心灵的魔。《雷雨》所显示的，并不是因果，并不是报应，而是我所觉得的天地间的"残忍"。（这种自然的'冷酷'，可以用四凤与周萍的遭遇和他们的死亡来解释，因为他们自己并无过咎。）如若读者肯细心体会这番心意，这篇戏虽然有时为几段较紧张的场面或一两个性格吸引了注意，但连绵不断地、若有若无地闪示这一点隐秘，——这种种宇宙里斗争的"残忍"和"冷酷"。在这斗争的背后或有一个主宰来管辖。这主宰，希伯来的先知们赞它为'上帝'，希腊的戏剧家们称它为'命运'，近代的人撇弃了这些迷离恍惚的观念，直截了当地叫它为'自然的法则'。而我始终不能给它以适当的命名，也没有能力来形容它的真实相。因为它太大，太复杂。我的情感强要我表现的，只是对宇宙这一方面的憧憬。

年轻的曹禺阅读了大量西方戏剧，在接受西方人道主义和个性主义影响的同时也受到了基督教思想的影响，他将这些思想凝聚成就了精典《雷雨》。

【深度阅读】

《雷雨》是以 20 世纪初期两个家庭中八个人物 30 年的恩怨为内容构建的一出现实主义悲剧。下人出身的梅侍萍与封建家庭出身的资本家周朴园在 30 年前相爱，生下两个儿子却最终被抛弃，30 年后，下一代人以不同的身份、地位产生了错乱的情感纠葛，最终在一个雷电交加的夜晚，年轻一代的周萍开枪自杀，四凤触电身亡，周冲为救四凤身亡，鲁大海离家出走。通过序幕和尾声我们还知道了上一代人的结局，鲁贵死于酗酒，繁漪发疯和鲁侍萍哭瞎了双眼，周朴园皈依了基督教，十年来不间断地寻找着鲁大海，每月固定地去探望发疯的繁漪和瞎眼的鲁侍萍。

《雷雨》第二幕中，各种矛盾进一步伸展、汇聚，伺机待发。鲁侍萍与周朴园 30 年后首次相见，在认与不认中撕扯纠结，从中既可以看出 30 年后的周朴园还和 30 年前一样自私、冷酷，但从中又可窥见其自私和冷酷之外所隐含的一丝深情与愧疚；资本家周朴园与工人代表的亲生儿子鲁大海的见面充满了疏离与冷漠，最终鲁大海被资本家父亲周朴园开除，被亲哥哥周萍拳脚相加；鲁侍萍与 30 年没见的亲儿子周萍相见却不能相认，在她痛苦得不能自拔时又目睹兄弟相残，然而等待她的将是更加残忍的儿女乱伦的事实和孩子们的惨死和逃离；周萍与四凤关系进一步升华，与繁漪关系进一步恶化，将矛盾冲突推向了高潮，也推向了悲剧的结局。

【赏析阅读】

1. 郁热与压抑环境的烘托

整部戏剧氛围都笼罩在郁热压抑中，表现在两个方面。

首先是体现在舞台提示上。在舞台提示上，第一幕舞台提示中出现的屋中的闷热和空气的郁热，第二幕舞台提示中出现更加郁热的状态。故事开头鲁四凤不停地重复一个动作，说明这种郁热一开始就支配着剧中人物。

其次是在剧中的人物外貌上体现郁热，比如周繁漪在眉目间显出受压抑的忧郁，被忧郁蚀尽心力的周萍。作者在戏剧的开始就预设了雷雨即将来临、风雨低沉的警报。这样的压抑环境使剧中人带有环境预设的提示。在这炎热的苦夏中一群在炙热中烘烤的人们，所有人的理智都被融化干净，所剩的是情绪化的表现和荒唐的故事。

2. 多重复杂的悲剧人物性格

《雷雨》成功塑造出了一系列在欲望中挣扎的人物形象。在放纵与克制、是与非之间艰难徘徊的一颗颗骚动不安的灵魂的展现，昭示着一种不可遏制的欲望的力量。

周朴园是《雷雨》中塑造得最成功的一个人物。作为资本家和封建家长的代表，他可以威逼繁漪"喝药"，对两个儿子显示封建家长的严苛和专制；他也可以具有财富积累过程中的自私、冷酷；也可以具有对女性的占有和抛弃中的唯利是图；当然，在他的内心深处，可能还有年轻时的真情和追忆过往恋情时表现的深情。特别是当他发现鲁侍萍不会威胁他的家庭、名誉和地位时，又会露出自私和狰狞的面目，厉声呵斥鲁侍萍，这就是复杂多变的周朴园。周朴园的形象性格的复杂性和悲剧性，传达出曹禺深入人物心灵的真实性和人道主义的情怀。

另一个刻画成功的人物是繁漪。戏剧在激烈的矛盾冲突中向我们展现了一个性格鲜明突出、具有最强烈的个性主义却陷入情欲交织痛苦中走向疯狂的女性。她的身上充溢着最残忍的爱和最不忍的恨，是反抗叛逆的女性代表。专制无爱的婚姻造就了她极端的性格和可悲的人生，本以为抓住了爱的救命稻草，实际上却陷入了欲望挣扎和乱伦的深渊不能自拔。繁漪被压抑将死的魂灵遇到了周萍的关爱，于是她用近乎疯狂的情绪去爱和恨，为了得到爱，她不惜毁灭整个世界，连自己作为母亲、作为太太的脸面都不要。她乞求周萍的关爱，喊着自己可以没有孩子，没有丈夫，没有家，但必须要有周萍，陷入疯狂并为此采取了最激烈的手段去破坏周萍与四凤。

这个被封建专制无爱婚姻压抑的可怜可悲的女人，用她千百度挣扎的力量，以超乎常人的想象，急切地想要去抓住爱，爱而不得时又用最极端的方式去发泄恨。

3. 错综复杂的戏剧冲突

鲁迅在《再论雷峰塔的倒掉》时指出，悲剧是"将人生有价值的东西毁灭给人看"。《雷雨》把人物的矛盾冲突以周家客房和鲁家住房为地点，在一天内集中 30 年两代人的爱恨纠葛，将血缘伦常与性爱冲突相结合，集中体现了人性的复杂和情感的复杂。

30 年前，年轻的周朴园爱上了老妈子的女儿梅侍萍，并生下两个孩子，这是悲剧的孽缘，而门第的阻隔造成的结果便是始乱终弃，导致不可收拾的悲剧。而周朴园为了自己的发展，娶了繁漪，而周繁漪在嫁给周朴园后，并没有得到婚姻的幸福感，这是悲剧的第二层。面对充满青春气息的周萍，周繁漪一发而不可收拾地爱上了周萍，但后母与前妻之子的乱伦在道德上又会受到谴责和批判，这才是周萍在陷入繁漪的情感后，力图摆脱繁漪而与鲁四凤恋爱的原因，这是悲剧的第三层。周萍和四凤相爱，四凤怀上了周萍的孩子，面对让人窒息的爱，周萍越来越感到恐惧和罪恶感，因为周萍和四凤实际上是同母异父的兄妹，这是悲剧的第四层。至于周朴园与繁漪生的小儿子周冲深爱着四凤，更是悲剧的牺牲品。面对复杂的矛盾和乱伦现象，知道真情的周家后代，一个个走向了灭亡。

4. 个性化的戏剧化语言

《雷雨》的语言没有华丽的词藻，却在平常的口语语言中蕴含着丰富的潜台词，把人物内心的隐秘通过语言表现出来，运用抒情性的语言展示人物的丰富内心世界。如周朴园问鲁侍萍："怎么，是你？""你来干什么？""谁指使你来的？"表现了他的自私冷酷和害怕。鲁侍萍见到自己的儿子周萍，却不能相认，只能一边大哭，一边说"这真是一群强盗！"走至周萍面前说"你是萍，……凭什么打我的儿子？"当周萍问你是谁？鲁侍萍只能说"我是你的——你打的这个人的妈。"母子相见不能相认，只能欲说还休，同音词语转折的巧妙运用表达了侍萍的痛苦、失望和悲哀。

【拓展阅读】

1．通过网络，观看完整的《雷雨》，感受作者塑造的人物形象和表达的主题思想。

2．《日出》《原野》《雷雨》是曹禺的重要戏剧作品，被称为"生命三部曲"，请阅读《曹禺精选集》，通过对比阅读深入认识与体会曹禺戏剧的悲剧特点。

（吴晓琴、罗素峰）

新歌剧《白毛女》阅读指导

【阅读目标】

1. 了解《白毛女》的题材来源及创作情况。
2. 了解《白毛女》的故事情节和主要人物特点。
3. 理解《白毛女》的创作主题和艺术效果。

【基础阅读】

《白毛女》创作于1945年初，是在毛泽东《在延安文艺座谈会上讲话》精神指导下，由"鲁艺"的贺敬之、丁毅等人执笔集体创作的新歌剧，曾给参加中国共产党第七次代表大会的代表演出，受到热烈欢迎，后在解放区各地陆续上演，深受广大人民和八路军官兵的喜爱。新中国成立后，曾拍摄有《白毛女》新歌剧电影。

《白毛女》剧本取材于抗战时期的晋察冀边区"白毛仙姑"的故事。故事说的是一个佃户的女儿，因为受到地主迫害逃到深山，在山洞中坚持生活了多年，由于不见阳光，又缺少食盐，全身毛发变白。因为她经常到庙里偷吃供品，被人发现毛发全白，被称为"白毛仙姑"。后来在边区工作队的帮助下，获得解放。这个故事传到延安后，鲁艺的同志们经过反复讨论，在吸收了河北、山西等地民间音乐的基础上，创作了集歌、舞、唱为一体的新歌剧《白毛女》。

【深度阅读】

歌剧《白毛女》共五幕。第一幕主要讲佃户杨白劳在除夕外出躲债回家，准备和女儿喜儿过年，喜儿也惦记着外出躲债的父亲，还有喜欢的邻居王大伯的儿子，她的大春哥。未料地主黄世仁和管家穆仁智在除夕之夜还来家逼债，并逼迫杨白劳用女儿喜儿抵债，签订了喜儿的卖身契。第二幕写黄世仁抢走了喜儿，又派穆仁智逼走了王大春，王大春与伙伴痛打穆仁智，但由于势单力薄，只好逃走。喜儿到了黄家后，受尽折磨，又遭黄世仁奸污，喜儿痛不欲生，想上吊自杀，在女佣张二婶的帮助下，才打消了自杀念头。第三幕写喜儿身怀有孕，黄世仁为了娶亲，准备把喜儿偷偷卖掉。喜儿在女佣张二婶的帮助下，逃出了黄家，逃进了深山。第四幕写喜儿在深山的山洞里苦熬了三年，只能靠山里的野果和庙里的供品来艰难度日，由于缺少阳光和食盐，毛发全白，村里人以为她是白毛仙姑转世。有一天黄昏，黄世仁和穆仁智到庙里躲雨，恰巧与来吃供品的喜儿相遇，喜儿借白毛仙姑的身份，与黄世仁、穆仁智展开斗争。此时，逃出去的王大春参加了八路军，并带领八路军来到家乡闹革命。第五幕写黄世仁、穆仁智利用白毛仙姑的事愚弄百姓，王大春弄清真相后，救出了喜儿，八路军镇压了黄世仁、穆仁智，喜儿获得了解放和新生。

【赏析阅读】

1. 鲜明的主题

《白毛女》取材于现实中的真实故事，但又不拘泥于现实故事。文学作品总是高于现实生活的，创作家们往往是对现实生活中的事实进行提炼、升华，继而创作出符合时代需求的文艺作品，这是文艺家的责任，《白毛女》就是这样的作品。作品鲜明的主题就是"旧社会把人变成鬼，新社会把鬼变成人"。杨白劳和喜儿，父女相依为命，但劳动一年不仅没有饭吃，甚至还欠了地主黄世仁许多债务。因为还不起债，地主就利滚利地加重剥削，最后只能父死，女卖身，还要受尽地主欺侮和迫害，逃入深山，变成"鬼"。只有共产党领导的人民军队才能打倒地主剥削阶级，才能解放人民，人民当家作主，原来的"鬼"变成堂堂正正的人。歌剧控诉了旧社会地主阶级剥削人民的罪恶，表现了劳动人民在旧社会遭受的苦难，歌颂了共产党领导的人民政权，歌颂了新社会。

2. 典型的人物

一是以杨白劳、喜儿、王大春为代表的劳动人民形象。杨白劳是老一代受尽地主剥削和压迫的勤劳、忠厚、善良农民典型。他早年丧妻，与女儿相依为命，却被黄世仁、穆仁智以重租厚利强迫于年内归还欠债，甚至连年也不能过，终因无力偿还重利，被黄世仁威逼在喜儿的卖身契上画押，杨白劳痛不欲生，回家后饮盐卤自尽。

喜儿美丽、善良、孝顺，敢爱敢恨。除夕之夜，大雪纷飞，她一直惦记着外出躲债的爹爹快点回来，爹爹用卖豆腐挣下的钱给她买了二尺红头绳，她高兴地情不自禁地又唱又跳；她也敢于悄悄喜欢一起成长的王大春，亲切地叫他大春哥。她被迫卖给黄世仁，并被黄世仁奸污，她也痛不欲生，但最后还是想办法逃离了黄府，即便流落山野，人不像人，鬼不像鬼地生活，也要逃离苦难。特别是在共产党的领导下，她和人民一起，与地主阶级斗争，镇压了地主，翻身做主人，重新过上了人的生活。

王大春年轻，敢于反抗，敢于寻找正确的道路，积极参加八路军，敢于斗争，是正义力量的代表，是翻身做主人的新一代农民的代表。

另一类是以黄世仁、穆仁智为代表的地主剥削阶级典型。他们借口佃户杨白劳积欠地租，于腊月除夕，逼杨白劳用喜儿顶租，逼写文契，逼迫杨白劳悲愤自杀。抢走喜儿，使喜儿在黄家饱受凌虐，又伺机将喜儿奸污，阴谋将喜儿转卖于人贩。喜儿在张二婶帮助下逃走后，黄世仁又夺回王家租地，驱逐王大婶母子。还借村人迷信，制造"白毛仙姑"降灾谣言惑众，欺骗百姓。可谓罪恶累累，罄竹难书。黄世仁、穆仁智二人受到公审和严惩，是他们应有的下场。

3．娴熟的手法

《白毛女》是诗、歌、舞三者融合的民族新歌剧。唱词优美，通俗流畅，恰当地表现了人物的情感。如杨白劳和喜儿"扎头发"片段，很好地表现了杨白劳因没有钱不能给女儿买更好的衣服而内疚，也表现了喜儿发现爹爹在十分窘迫的情况下，还给自己买回了红头绳作为过年礼物的惊喜，父女俩的一段对唱成为本剧的经典片段。在语言方面，吸收了中国戏曲的唱白兼用的优良传统，既继承了优秀的民族文化艺术形式，也丰富了戏剧语言的表达形式。在音乐表现方面，吸收了河北民歌《小白菜》等民歌曲调和山西梆子戏等音乐曲调和节奏，具有独特的民族风味。《白毛女》情节结构严谨，场景变换多样灵活，是毛泽东同志发表《在延安文艺座谈会上讲话》后创作的又一民族化、大众化文学的代表作品。

【拓展阅读】

1. 新中国成立后，作者对《白毛女》在原来的基础上又进行了加工，形成了新的作品，并被拍成歌剧电影《白毛女》，请通过网络收看，并比较电影与剧本的不同，写成 800 字左右的心得体会。

2. 歌剧《白毛女》中有好多经典传唱的片段，如《北风吹》《扎头绳》《太阳出来了》等，请找来，学着唱一唱，体验新歌剧的特点和魅力。

（王宪文）

参 考 文 献

[1] 鲁迅. 鲁迅全集[M]. 北京：人民文学出版社，1981.

[2] 郁达夫精品选[M]. 北京：中国书籍出版社，2014.

[3] 茅盾. 茅盾全集[M]. 合肥：黄山书社，2014.

[4] 巴金. 家[M]. 北京：人民文学出版社，1981.

[5] 老舍. 骆驼祥子[M]. 北京：人民文学出版社，1962.

[6] 沈从文. 边城[M]. 北京：人民文学出版社， 2007.

[7] 萧红. 萧红全集[M]. 哈尔滨：哈尔滨出版社，1991.

[8] 钱钟书. 围城[M]. 北京：人民文学出版社，1980.

[9] 赵树理. 赵树理文集[M]. 北京：人民文学出版社，2005.

[10] 夏传才. 中国现代文学名篇选读（下）[M]. 天津：南开大学出版社，
    1984.

[11] 郭沫若. 郭沫若全集·文学编（第1卷）[M]. 北京：人民文学出版社，
    1982.

[12] 徐志摩. 再别康桥[M]. 北京：线装书局出版，2008.

[13] 戴望舒. 戴望舒诗集[M]. 北京：人民文学出版社，2020.

[14] 艾青. 艾青诗选集[M]. 北京：北京燕山出版社，2018.

[15] 冰心. 冰心文集（第1卷）[M]. 上海：上海文艺出版社出版，1982.

[16] 朱自清. 朱自清散文选集[M]. 天津：百花文艺出版社，2004.

[17] 丰子恺. 缘缘堂随笔[M]. 北京：作家出版社，2018.

[18] 曹禺. 曹禺精选集[M]. 北京：北京燕山出版社，2015.

[19] 朱栋霖. 中国现代文学史[M]. 北京：高等教育出版社，2020.

[20] 钱理群. 中国现代文学三十年[M]. 北京：北京大学出版社，1998.

[21] 谢冕，洪子成. 中国当代文学作品精选[M]. 北京：北京大学出版社，
    2015.

[22] 林志浩，等．中国现当代文学作品选读（上册、下册）[M]．北京：高等教育出版社，1994.

[23] 丁凡，等．中国现当代文学[M]．北京：南京大学出版社，2000.

[24] 高海燕．浅析《边城》的审美内涵[J]．语文建设．2014（11）：2.

[25] 蓝师．浅论沈从文《边城》的人性美[J]．文学教育，(上)，2014（7）：2.

[26] 沈从文．从文自传[M]．太原：山西人民出版社，2018.

[27] 曹禺．悲剧的精神——曹禺[M]．北京：京华出版社，2006.

[28] 陈墨．听丰子恺谈禅意人生[M]．北京：时事出版社，2017.

[29] 老舍．正红旗下[M]．北京：作家出版社，2018.

[30] 老舍．老舍自述[M]．北京：北京联合出版公司，2011.

[31] 钱钟书．写在人生边上[M]．北京：三联书店，2002.

[32] 程琴．简析《家》中鸣凤形象的悲剧成因[J]．名作欣赏，2021（9）:2.

[33] 王涛．论鸣凤之死是一种必然[J]．时代教育，2010（4）：2.

后　记

　　当这本教材的校稿最终提交出版社的时候已是八月初了。整个七月，除了日常工作外，我们的精力全部用在了此项工作上。静而思之，教材编写让我们又重温了一次中国现代文学，温故而知新，受益匪浅！编写教材是一件很劳力劳心的事，经过三次大的调整、修改和完善，今天终于可以交稿了，欣慰之甚！

　　感谢晋中师范高等专科学校文史系全体教师的积极参与，由于重新构建体系，对葛文婷、武素梅、白银、张保华、李翔、宁美玉等教师的稿件忍痛割爱，没有采用，但是他们也付出了辛苦的劳动，也应该得到感谢！

　　吉林大学出版社编辑部的老师为此书的出版提供了许多有益的建议，为此书的出版贡献了智慧，在这里我们也要表示诚挚的感谢！

　　编写过程中参考了许多资料和文献，虽然列出了不少，但可能难免有疏漏，恳请大家批评指正。

编　者

2022 年 11 月 1 日